土朝絵巻殺人事件

岬 陽子
Yoko Misaki

文芸社

目次

王朝絵巻殺人事件

「ハーイ、結理ちゃん、お久し振り」

寒さも幾分和らいだ二月末日の事だった。

高校の同級生で大親友でもある、佐伯すみれ子が深山結理の店にひょっこり顔を覗かせた。

豊田市の市民劇団員であるすみれ子は、愛くるしい笑顔の童顔美女であった。

「四月の合同発表会用のポスターなんだけどね、三枚程お持ちしたわ」

その店、『カラオケミュウ』は、愛知県豊田市の南東部で営業している。

二十坪の店内に二十五席、カウンターには七、八名の客が確保出来る。カウンターの反対側には、半円形の小舞台が待ち構えている。赤いじゅうたんが敷き詰められ、中々お洒落な雰囲気の、結理が母から譲られた店であった。

「アラッ、すみれ子ちゃん、いらっしゃい。遂にポスターも出来上がったのね。皆さんお待ち兼ねだったのよ。有り難う」

結理は六年前病気で他界した、母の八重からミュウを引き継いだ二代目ママである。

客からは癒し系のおっとり美女だと世辞を言われるが、若々しく見えるすみれ子に比べれば二、三歳は老けて見られてしまう。しかし二人揃って三十三歳、花の独身組なのだ。

「なずなの会会長の日野リーダーにお願いしてみて正解だったのよ。何しろ凄いボランティア精神の持ち主だもの」

「そうなのよ。すみれ子ちゃんのお陰で、やっと五周年記念の発表会が実現出来るわ。

これは生前の母の夢でもあったのよ」

カラオケが大好きで、美空ひばりの大ファンでもあった母は、待望のカラオケ店をオープンさせ、ミュウと名付けたのも束の間、その二、三ケ月後に、末期の胃癌で帰らぬ人となってしまったのである。

「いざとなると大仕事だったのよ。音響、演出、進行係、受け付け、ベテランの司会者も必要でしょ？　その手配をあれこれ考えている内に六周年目に入ってしまったのよ」

「四月のなずなの会恒例公演に便乗出来て本当にラッキーだったわね。必要な係もこちらで全部揃うし、音響さんもお馴染みだから安く頼めたのよ」

「お陰で全てお任せでお願いしてしまったわ。大助かりよ。本当に有り難う」

結理がすみれ子に笑顔で話し掛けた時だった。

「なになに、なずなの会、第八回春季公演、アンド、カラオケミュウ五周年記念、同時発表会会催のお知らせ、だって？　何たるややこしい発表会じゃ」

ミュウの常連客の一人、山中がポスターを見て、最初の見出しに大笑いしている。

「そ、そうなんですけどね。一石二鳥の素敵な企画なんですよ。皆様御一緒に宜しくお願いします」

すみれ子が大慌てで、頭をぴょこんと下げたので、皆一気に打ち解けた。七十代、八十代の客達には、まるで子供か孫みたいに思えたのだろう。

「午前九時の開演から夕方七時半まで、演劇とカラオケの交互の発表になるんです」

結理の運んだケーキセットを賞味しながら、すみれ子は身振り手振りで説明していたが、その内、演劇のストーリー解説までも、サービス精神で始めてしまった。

「昔々の、平安時代の貴族社会をテーマにした、王朝絵巻、という題目です。時の帝一条天皇には最愛の中宮、定子様がおられました。ところが当時一番の権力者、藤原道長が出世欲の為、自分の娘彰子を中宮にと強く望みました」

「へーッ、それであんたが、もしやその彰子とやらのお姫様かいな？」

山中が興味津々らしく、話の途中で口を挟んだ。

「イエイエ、それがその、メンバー投票では、青野さんが定子、私が彰子役に内定してたんですけど、双子の姉の桜子に頼まれて役を代わったんです。私は紫式部を演じるんですよ」

すみれ子は急に顔を曇らせ下を向いた。

「アッ、ソッ、な〜んだ紫式部か」

「でも山中さん、紫式部と言えば源氏物語を書いた有名人だし、姉妹競演なんて凄いわ」

山中のグループの一人、みどりが感心してポスターを指差した。

そこには、他の出演者同様、顔をドーランで白く塗り、十二単を身に付けた佐伯姉妹が、最前列に収まっていた。顔の表情は違うがやはりよく似ている。

二人の生家は豊田市でも有数の由緒ある家柄で、かなりの資産家だと聞いている。しかし母親は双子を帝王切開で出産したが、その後のお産は医者に固く止められたと言う。普段から病気勝ちで虚弱体質だったのだ。それ故、ほんの一瞬先に生を享けた長女が佐伯家の跡取り娘と定められ、桜子と命名された。

桜の如く華やかに誇り高く栄えよ、との父親の願いからだった。一方、次女はその桜子に柔順に従い、常に足下に控える様にと、桜花の下にひっそりと咲くすみれ、すみれ子と名付けられた。二人は幼少期にはお嬢様として平等に育てられた。しかし桜子の方は跡取り娘として、その内蝶よ花よと煽てられ、我が儘放題な性格に育ってしまった。

その特権を妹に振りかざし、都合の良い召使代わりにしたり、果ては奴隷の如く命令したり、苛め抜いたりもしたのだ。

父親が十年前に事故死した後は、それが益々エスカレートした。すみれ子を庇うのが気に入らないと言って、母親にまでヒステリックに当たる様になった。

すみれ子はそんな家庭の事情から、親友で、頼りになる結理をむしろ姉の様に慕い、悩みは全て打ち明けていたのだ。

しかし今回の合同発表会については、その妹分のすみれ子のお手柄で、結理も大変感謝している。

「アラッ、一条天皇は日野さんが演じるのね。素敵、凛々しくてピッタリのイメージだわ」

イケメンの日野には熱狂的なファンも多いと言うが、結理が珍しく弾んだ声を上げたので、女性客達は改めてポスターを覗き込んだ。

「どれどれ、そう言えば五木ひろしそっくりだがね」

「何言うとるの、地元の滝沢のぼるだわ」

「いやいや、もうちょっと若いわね。氷川きよしによく似て、いい男だわあ。私もファンになろうかね。オッホッホ」

などと、それぞれ好きな男性歌手の名前を上げてはしゃいでいる。

「オヤッ、ゲスト歌手は岬リリ加なんだね。わしもCD持っておるよ」

地元の演歌歌手、岬リリ加の大ファンだという水越が枠内に写真を見つけた。

「そうなの、友情出演なのでノーギャラで歌ってくれるのよ」

地元刈谷市の木戸一孝先生作曲で、本人の作詞で『津軽函館恋岬』、地元の盆踊りソング、『三河夢咲き音頭』なども歌っているが、以前からミュウのひいき客になってくれている。

「アラッ、もうこんな時間だわ。舞台稽古に入らないと。それではこれで失礼します。文化会館でお会い出来る様、楽しみにしています」

すみれ子は笑顔で一礼すると、そそくさと店を出て行った。練習場になっている交流館はミュウから車で十分程の距離にある。

それから二、三日後の事だった。結理の実家の父親薫平から騒々しく電話が入った。

「オーッ、亨一から聞いたぞ。カラオケの発表会が四月に決定したんだってな。それは良かった。八重も草葉の陰でさぞや喜んでいる事だろう。何しろ亡くなる間際まで心配していたからな。それで思い出したんだが、母さんの七回忌法要を来年早々予定してるんだ」

「あぁっ、その事ね。亨一からも聞いたわ。日取りは未だ決めてないんでしょう？」

結理は三人兄弟の長女で、三歳年下の純江が結婚し、実家の近くに住んでいる。七歳年下の亨一が父と同居し、世話をしてくれていて、助かっている。

「そうなんだ。日頃お世話になっている隣松寺の住職さんに相談して、期日が決まったら知らせるから、宜しく頼むよ。それにしても七回忌前に念願だった発表会をしてやれば、八重も安心して成仏するぞ。ガッハッハ」

電話の向こうの元気な皺くちゃな顔が目に見える様だが、問題はその後だ。

「純江はこの夏二人目が産まれるぞ。亨一ももう結婚相手がいる。姉さんだけが何時までも独身では母さんだって浮かばれんぞ」

そんな父の言い分は尤もだが、しかしこの店には若い男性はほとんど訪れてくれない。母から譲り受けた一戸建店舗の二階に一人暮らしをしているが、住み心地も良いし生活力もある。婚活の会には最近縁遠くなっているし、その上足枷になっている手ごわい人物が一人いるのだ。しかも直ぐ身近に。

「結理ちゃん、お疲れ様、少し早目に着いてしまったわ。タコ焼き買って来たから一緒に食べようよ」

それは夕方六時からミュウを借りて、スナック経営をしている谷口波江だった。四年前に協議離婚して、小学生の息子を一人で育てている。

「このお店をシェアしてもらって、もう三年になるのね。お陰で一成と一緒に何とか生活して行けるわ。有り難うね」

「私だって助かっているわ。どうせ五時に閉店で、その後は空いてるんだし、カラオケ機器のリースや、電気、水道料なども折半にしてもらってるんだもの」

家賃を格安にしてあげている分、必要経費は折半なので結理にとってもリーズナブルな料金で経営できているのである。

波江はふくよかなポッチャリ美人で、男性客にはとても人気がある。

それ故、スナックは結構繁盛しているが、その波江が自分の実体験を通して、色々と説教して来るのだ。

「夫の浮気に気付いてから一年間は様子を見て我慢していたわ。けれど結局そんな生活にも耐え切れず、協議離婚したのよ」

結理はただ黙って聞き役に回っている。

「でも世の中には生活力もなく自立出来ないからと言って離婚しない主婦もいるわ。夫の裏切りの反動で不倫地獄に陥るケースもあるのよ」

「へーッ、そうなの、色々と詳しいのね」

「体裁ばかりが気になり、不実な夫から逃げられない主婦もいるわ。長年の精神的ストレスから難病を引き起こし、そのまま年老いて、ヒクヒク生きて行くのよ。

そんな弱虫になるんだったら死んだ方がましよ」

などと絶えず聞かされていれば、益々結婚に慎重になり、このまま一生独身を通す事になるのではないかと、嘆いている今日この頃であった。


三月初めの土曜日になって、すみれ子から電話が掛かって来た。

「結理ちゃん、先だっては御馳走様でした。実は急なんですけど、今夜八時頃、なずなのメンバー七、八名で、スナックの方におじゃましたいんですが、大丈夫でしょうか？」

結理は波江に承諾を得てから、直ぐに折り返した。貸し切りは駄目だが、一般客としてなら大歓迎らしい。

「ああっ、良かったわ。桜子は、母の弟の連条実行叔父さんと一緒のタクシーで行くと思うわ。その他のメンバー達や日野リーダーも乗り合わせて行くと思うから宜しくね」

「アラッ、すみれ子ちゃんは一緒に来ないの？」

「私は、母が数日前に検査入院したので、病院へ寄ってから行くわ。日野リーダーが、結理ちゃんとも発表会の打ち合わせをしたいそうなので、ちょっと顔を出してね」

母親の付き添いはすみれ子の役目と決まっている様子だった。

日野正志とは、すみれ子に紹介されて、一月半ばに、交流館で初対面している。

「宜しくお願いします」「頑張りましょう」などと、バイタリティーある、長身のイケメンに握手を求められ、年甲斐もなく赤面した事を覚えている。平均年齢二十八歳の若者集団らしいが、すみれ子が若々しい秘訣もこの劇団のお陰ではないかとふと思い、その時自分も日野に対する憧れの気持ちを持った。

夜八時になると、波江からの呼び出し電話があり、結理は化粧を直し、慌しく階下へ降りた。

「アラッ、貴女、もしかしたらすみれ子の言っていたママさん？　それにしては垢抜けないし、ヤボッタイワ、ねえ、実行叔父さん？」

ドアを開けたとたん、真っ赤なショールを首に巻いた派手な服装の女性が、高飛車な言い方でこちらを振り向いた。隣りの席の金縁メガネの男も鋭い目線を投げ掛けて来た。

その様子から、すみれ子の姉の桜子と、叔父の連条だと分かった。それにしても感じの悪い二人で、何か背筋が凍り付く思いだった。

「ヤーッ、結理さん、こっちこっち」

見ると奥のカウンター近くから、日野が手招きしている。結理は救われた気分になり、挨拶もそこそこにその場を通り抜けた。

「波江ママにも御挨拶したところです。多分お騒がせしますので」

カウンター内の波江は愛想良く微笑返したが、今夜はピンクのドレス姿で何時になく色っぽい。それに比べ結理は赤茶けたセーターに黒のロングドレスという出で立ちである。桜子の言う通り、ダサクてヤボッタイのだ、普段年配客ばかり相手にしているので若さも色気もあったものではない。

「メンバー諸君、合同主催者の深山結理さんを御紹介します。同時に、演劇のストーリー説明と、その配役紹介もしますので暫くお静かに願います」

日野がマイクを手に、メンバー達に呼び掛けると、他の一般客達も波江から事前に聞いていたのか、酒を飲みながら耳を傾けている。

「平安時代の貴族、藤原兼家から、長男の道隆、その弟の道長、その息子の頼通にと摂政の座が引き継がれます。その間の華やかな王朝時代を王朝絵巻として、上演する事になりました。偶には日本の歴史物ではなく、ミュージカルもいいのですが、僕は歌が下手でしてねえ」日野が一旦言葉を切り、苦笑すると、「リーダー、今夜こそ上手くなるチャンスですよ」「そうだ！　頑張れ！」などと笑いや冷やかしが飛んだ。

「マアッ、それはともかく、今回一条天皇役は僕、日野が務めさせて頂きます」

日野がその場で軽く会釈した時だった。

「全く残念だったよ。僕も立候補したのに、一票差で又もや主役をリーダーに持ってかれてしまったよ。チェッ」

舌打ちしたのは痩せたクルクルパーマ髪の青年だった。

「図々しいぞ、田中、自分の入れた一票だけだった癖に！」

「そうだそうだ、お前は道長に苛められ役の伊周役がピッタリだぞ」

間髪を入れずブーイングが飛んだ。

しかし日野はそれをよそ目に、心得た様子で話を続行させた。如何にも通常の事らしい。

「道隆は大らかな人柄でしたが、大酒飲みで早死にします。しかしその娘の定子は父親の血を引く総明な平安美人でした」

兼家と頼通役は欠席だったので、最初に道隆と定子役が紹介された。どちらも適役だと思ったが、特に定子役の青野麗華は、ストレート髪を肩まで垂らし、夜目にも分かる色白の美女だった。

「皇后に昇格した定子が二十五歳で崩御前後、道長の娘彰子が中宮に入内します。エーッ、余談になりますが、一条天皇と定子は短期間ながらラブラブな結婚生活を送ったそうで、僕も三十六歳の一独身男性としては羨ましい限りです」

日野の軽口に周囲から又クスクス笑いが漏れた。しかし先程の田中が又もや騒ぎ出し、自分をアピールした。余程の目立ちたがりやだ。

「そんなお戯れを、舞台では定子と彰子、外では麗華ちゃんと桜子ちゃん、両手に花でモテモテの癖に、羨ましいのはこっちだよ。なあ、小道具係の竹井君」隣りを振り向き、ケッケと笑い出した。

これには流石の日野も眉を顰めて苦笑いした。

「田中、お前相当飲んでるな？　僕はともかく青野君と桜子君に失礼だぞ！」

ところがその時だった。それまで黙っていた桜子がスックと立ち上がった。

「リーダー、いいのよ。田中の口の悪いのは慣れっこだわ。それより私に一つ二つ提案したい事があるの」

チラリと青野を一瞥したが、それは最初に結理に向けたのと同じ、突き刺す様な、嫌な目付きだった。

「今回の出し物は前評判も良いらしいわ。カラオケと合同なんて気に入らないけど、本当に上演時間内に収まるのかしら？　念の為に最初のどうでも良い場面はカットすべきよ」

桜子の言い草にメンバー達全員が呆れ顔だ。

「まあまあ、桜子君、すみれ子君もまだだし、それについては次の定例会に持ち越します」

的確な日野の言葉に皆、異口同音で賛意を唱えた。

「そうだそうだ、ここは会議室じゃないぞ。カラオケルームだ。ママさん、ドンドンビール持って来て」

調子に乗った田中は序でに酒を注文している。

「あっ、結理さん、今立ち上がったのが彰子役の佐伯桜子さん、その隣りが道長役の連条さんです」

日野に紹介された桜子は、ふん、と言う様にそっぽを向いたが、連条の方は席に着いたまま、軽く会釈した。しかしその目付きは桜子同様、暗く冷ややかだった。

「次に清少納言についてですが、定子を高く評価し、その定子から、『何でも良いからお書きなさい』などと、上等の和紙を頂くのです。恐れ多い、などと言いながら、ズルズルと書き連ねている内に、枕草子が完成してしまったと言う事です」

日野が言葉を切ると、近くから小太りの女性が立ち上がった。

「私がその清少納言役を頂いた水野明美です。男勝りで愛嬌ある彼女は私によく似たタイプだと思います。イエイエ文章は全く苦手ですが」そう言って人懐っこく笑った。

その後日野は意外な話を始めた。

「清少納言は定子亡き後、道長に冷たくあしらわれ、宮中を追い出されてしまいます。その後、彰子のサロンに雇われたのが紫式部です。二人はライバル視されていますが、道長を恨んでいた清少納言同様、実は紫式部も道長に嫌悪感を抱いていた様です。その点については二人は秘やかなる同志だったかも知れませんよ」そう説明した後、ポケットからゴソゴソと古そうな手帳を取り出した。

「芦田鶴の　よはひしあらば　君が代の　千歳の数も　かぞへとりてむ」

「驕り高ぶった道長を嫌い、屏風の後ろ隠れていた所を引っ張り出され、渋々読んだ、お世辞紛いの歌らしいですよ。宮仕えは大変だったんですね」

博学な日野のお陰で、結理も暫し王朝世界に酔いしれたが、それも直ぐに、又田中に妨害された。

「日野ちゃ〜ん、いい加減、カラオケにしてくんないかなあ、みんな待ちくたびれてるよ〜ん。因みに僕が道長にいびられる役、定子の兄の伊周こと、田中で〜す。以後お見知りおきを～」

お騒がせ田中がフラフラと立ち上がったので、周囲の一般客も皆揃って大笑いした。しかし丁度その時だった。入り口のドアが静かに開き、すみれ子がこっそり顔を出した。しかし不運な事に、近くに桜子が陣取っていた。

「アラッ、すみれ子、嫌に遅かったじゃない。あんたが遅れたお陰で、いい迷惑だわ。サッサと中に入りなさいよ」

すみれ子は不機嫌な桜子に罵られ、ナメクジに塩状態だったが、それも慣れっこらしい。

「それでは紫式部役のすみれ子君も揃いましたので、カラオケタイムとしましょう。結理さん、この続きは大ホールの舞台でお楽しみ下さい。それでは今回の合同発表会成功を祈り、乾杯～」

その後直ぐ結理がお世話になるお礼にと言って、今夜のカラオケ代金フリー宣言をしたので、メンバー達全員も歓声を発して喜び、大盛り上がりとなった。

「ビールを回せ、底まで飲もう～、あんたが一番、私が二番ドンドン」

などと元気良く歌い出した後、日野は結理とすみれ子を部屋の片隅のテーブルに呼んで打ち合わせを始めた。

「例年では二百名前後の客入りですが、今年は大ホールをキープしてあるので、三～四百名を予定しています。

打ち合わせを始めたのはいいが、カラオケの音が煩くて、顔をくっつけての会話である。

「それからプログラム作成に必要なので、カラオケ出場者の名簿、歌唱曲、希望時間帯などの詳細提出をお願いします」

「分かりました。早急にお持ちします」などと話がつくと、波江が気を利かせて飲み物を運んで来てくれた。

「お客様の御注文はおビールとジュース二つで宜しかったですね」

酒の飲めない結理とすみれ子はジュースを頼んだが、同じ姉妹でも桜子は飲める口らしく、見ると、連条と一緒にウイスキーをガブ飲みしている。

日野は波江に注いでもらったビールを上手そうに一気飲みした。打ち合わせも一応は完了し、ホッとしたのだろう。

結理はその後になって、折角だからと、日野にもカラオケを勧めたが、下手だからと言って、結局最後まで一曲も歌わなかった。

「結理さん、すみません。さっきも言いましたが、もし僕がカラオケが上手なら、例えば、『オペラ座の怪人』などを上演したいですね。

怪人ファントムはジェラルドバトラー、クリスティーヌはエミーロッサムでした。

音楽も迫力が有って、何時見ても素晴らしいミュージカルですよ。

その他には『カルメン』、『サウンド・オブ・ミュージック』、最近の映画では、『レ・ミゼラブル』、なんかもいいですね。

しかし、これは僕だけでなくメンバー全員が結理さんに指導を受ける必要がありま すね」

日野は冗談ぽく言って笑っている。

「残念ながら僕の一家は全員歌が下手なんですよ。劣性遺伝なんですかね？　両親も三歳年下の弟も皆下手です。

でも父母は歌を聞くのは好きなので、発表会にはきっと結理さんの歌を聞きに来ますよ。その節は宜しくお願いします」

などと言って頭を下げた。

すみれ子の方は最後になって、結理と一緒に『レットイット・ゴー』を歌い楽しそうだった。

やがて十二時近くにお開きになると、日野は酔い潰れたメンバー達を叩き起こして回った。結理が呼んだ三台のタクシーに、それぞれ振り分けると、丁寧に礼を言いながら慌しく帰って行った。

「結理ちゃん、母の病気が長引きそうで少し落ち込んでいたんだけど、お陰で楽しかったわ。有り難う」

すみれ子も、酔っ払って管を巻いていた連条と桜子を、やっとの事で後部座席に座らせると、先に出た日野のタクシーを追う様にして夜のしじまに消えて行った。

それから四、五日後の事だった。結理は日野に頼まれた必要書類を持ち、交流館へ出向いて行った。夕方六時を過ぎていたがすみれ子とは連絡が取れなかった。病院へ行っているのではないかと思った。

「ああっ、結理さん、わざわざどうも。先日は色々とお見苦しいところをお見せしました」

日野はバツが悪そうに頭を掻き掻き現れた。結理は笑いながらバッグから茶封筒を取り出した。忙しそうだと思い、渡して直ぐに帰るつもりだったのだ。

「あっ、ちょっと待って、結理さん、実は突然なんですが」

日野はそう言うと、茶封筒を受け取ってから、結理を大広間に招き入れた。

「今回に限り、プログラムの裏表紙にスポンサー広告欄を作る事にしたんですよ。桜子君の提案なんですが、もう既に十万円もの御寄附を頂いたものですから」

「エーッ、凄い、そんなにたくさん？　余程なずなのファンの方達なんですね」

結理は驚いて目を白黒させた。

「あちらを見て下さい。舞台の前で連条さんと立ち話をしている方ですが、連条さんの友人の石倉弁護士さんです」

連条と同じ様な背格好の男がこちらに背を向けていたが、ブランド物らしい派手な白黒チェックのスーツを着込んでいた。何かその様子からヤクザ風にも見えた。

「お陰でプログラムの裏表紙一面が法律事務所の宣伝になるんですよ。一般の見学客には予想外の無用の長物なんですがねえ。それで出来れば内側には飲食店とか、雑貨店、美容院などを紹介したいんですよ」

「分かりました。一口五千円からでいいんですね」

結理は目ぼしい客はいないかと、その場で思い浮かべてみたが、石倉弁護士程気前の良さそうな該当者は一人も見当たらない。石倉は余程の金持ちか、変わり者かと思い、半ば迷惑そうな様子の日野の顔を見て、つい吹き出してしまった。

「それからもう一つ吉報があるんですよ。今度の日曜日、夕方六時から、本番と同じ中央文化会館の大ホールを予約出来たんですよ。実はこれもこの御寄附のお陰もあるんですけどね。今回特別にリハーサルをする事になりました」

「エーッ、本当に？　予約出来たんですか？」

「それで短時間ですが、カラオケ一コーラスずつなら三十名位は何とか歌えますよ」

「大ホールで二度も歌えるなんて、みんな大喜びですよ。見学だけでもいいんですか？　有り難う御座います」

「それでは出場者の方は五時半位までに直接会場へお願いします。プログラムもその時お渡し出来る予定です。それから、一度佐伯姉妹のお母さんの見舞いに行きたいと思っているんですよ」

日野は、母親の付き添いらしく、今日舞台稽古を休んでいるすみれ子の事も気に掛けている様子だった。

翌日になると、リハーサルの報告を聞いて、カラオケ出場者達は我然色めき立った。

「ママは若いからポップスが上手いが、演歌は難しくていかんね。その点水越さんは感情豊かに歌われるねえ?」

「イヤイヤ山中さん、俺なんかよりみどりちゃんの方がずっと上手いよ。声量もあるしビブラートもバッチリだよ」

「そんなあ、私なんか駄目よ。花枝ちゃんこそプロ顔負けよ」

「それを言うなら高井さんの方がプロより上手いわ。歌手デビュー出来るわ」

などと、殊の外褒め合い合戦がエスカレートしている。結局、巡り巡って自分が一番に落ち着くのだが、とにかく声出しは健康に良いと聞く。


リハーサル当日は直ぐにやって来た。しかしその日、間の悪い事に、夕方三時から貸し切り予約が入っていた。結理はそれをすっかり忘れていたのだ。

「中山さん、困ったわ。今夜のリハーサルには少し遅れそうなの。悪いけれど水越さん達と一緒に先に行っていてもらえませんか?」

結理は出場者達の車の手配もせねばならなかった。

その後、結局結理がリハーサル会場に到着したのは六時二十分過ぎだった。

会場近くには関係車両と思われる車だけが五〜六十台点在していた。夜間の所為か、日曜日でも他には使用団体はいないらしい。

車間を縫う様にして、小走りで急ぐと、ダークレッドのＢＭＷが目に付いた。交流館の駐車場で見たのと同じ左ハンドルの車だった。確か石倉弁護士の来ていた日だと推測したが、今はそれどころではない。

四角い衣装ケースを抱えて、会館入り口まで突進したのは良いが、立ち止まった拍子にそれを思い掛けず下のコンクリートに落としてしまった。拾おうとして前屈みになった時だった。会館横の木陰から、ヒソヒソと話し声が聞こえて来た。

見ると男女二人の顔が、葉陰から見え隠れしていたが、何処か見覚えのある二人だった。

「オウッ、ママさん、遅かったのう。わしじゃ、わしじゃ」

薄暗い大ホールの中に入り、舞台に向かって歩いて行くと、山中がコートの裾を引っ張った。

「わしらお陰で特等席が取れたんじゃ。ママさんもこの席に座りんさい」

なる程、本番では取れそうもない、前から五、六列目の正面席だった。ところが、機嫌の良かった筈の山中が、結理が席に着くや否や、急にブツブツこぼし始めた。

「芝居は今、定子様が亡くなり、兄の伊周が登場した所じゃが、一番最初の天皇と定子様のラブシーンがカットされたんじゃよ。すみれ子ちゃんに聞いて楽しみにしておったのに残念じゃった。ママさんは知っておったか？」

どちらにしても、結理は二十分遅れで会場入りしたので、その場面には間に合わなかっただろう。しかし昨夜遅くすみれ子から電話があり、薄々気付いていた。

「私の母は、毎年の公演には必ず御祝儀を出してくれるのよ。それをいい事に桜子はやりたい放題なの。何故か今月になって、急に頼まれたからと言って、実行叔父さんをなずなに入会させたのよ。大学時代に演劇部だったからと言うけど、丁度、今回の道長役のイメージにピッタリだったので大抜擢だったし。叔父さんはそのお礼にと言って、友人の石倉弁護士に頼み、十万円も寄附してもらったの」

詳しい事情はよく分からなかったが、すみれ子は溜まっていた不満を結理にぶち撒けた。

「桜子は日野リーダーにぞっこんなのよ。自分より美人の青野さんに強いライバル心を燃やしているの。たとえお芝居でも、日野リーダーと仲の良い場面なんか見たくない、なんて怒っていたわ。もしかしたら二人の最初の場面はカットさせるかも知れないわよ」

そう言えば、あの激励会の夜も、最初の場面がどうの、と主張していた。

結局今日になって、すみれ子の予感が的中してしまったのだ。

結理はその時になって、気の毒な青野の顔を思い出したのだが、ふと気付いた。会館入り口で見た女性の方は青野だったのである。

嫌に顔が白かったが、ドーランを塗っていたからだ。男の方は白黒チェックの上着が見えていた。交流館で見た石倉弁護士ではないか？　だがその二人の繋がりについてはさっぱり見当が付かなかった。

舞台に目をやると、伊周役の田中が喚きながら、縄で縛り上げられ、下手に引き立てられて行くところだった。

その後、道長役の連条が登場した。黒っぽい公家の衣装に烏帽子を頭に載せている。舞台中央まで来ると、側近達の前で、大口を開けて笑い出した。

「ワーッハッハ、兄の道隆、定子も世を去り、伊周も始末したぞ。帝に拝謁し、彰子の入内も承知させた。摂政の座も手に入れ、これからは麿呂の世じゃ。この喜びをここで一句披露してしんぜよう」

連条は懐から短冊を引っ張り出し、観客席に向かって高々と振り翳した。

「この世をば　我が世とぞ思ふ　望月の　欠けたる事も　なしと思へば」

流石に大学時代に取った杵柄だ。その落ち着き払った演技に皆感心して舞台に見入っていた。

しかし、辺りが静まり返った、丁度その時だった。誰も気付かない程の鈍い音だったが結理の耳には微かに響いて来た。

「バシャッ」

その後、驚いた事に会場内と舞台の全ての照明が一度に消えてしまったのだ。

「ウワァッ、停電だ」「どうしたんだろう?」

周囲からの不安が湧き上がると同時に、今度は思ってもみない大音響が会場内に追い打ちを掛けた。

「ドスーン、ゴロゴロ」「ギャーッ」

恐ろしい悲鳴も重なり、真暗闇の中で、まるで落雷の如く響き渡った。

観客達は訳も分からず、肝を冷やし、震え上がったが、それもほんの数分の出来事だった。スタッフ達が舞台にバタバタと走り寄って行く。照明が戻ったのだ。

「連条さん、大丈夫ですか？　何処も怪我はなかった？」

悲鳴の主は連条だったのだ。

「イタタタッ、怪我はなさそうだが、どうも腰を強く打ったらしい」

烏帽子が頭から外れ、肩に引っ掛かっている。舞台に俯せに倒れているのが、会場からも丸見えだった。

スタッフ達が連条を助け起こしたが、その時近くで何かを拾い上げた。

「アレッ、これは連条さんが二幕目で使う事になっている道長の経筒だ。中に経文も入ってるんだけど、真鍮製で結構重いんだよ。凄い音がしたけど、まさかこれが上から落下したんだろうか？」

「どうしてこんな所にあるんだ？　直接頭や顔を直撃しなくて良かったよ」

スタッフ達は首を傾げて天井を見上げた。

その後連条はスタッフ達に支えられて、びっこを引きながら下手へ去って行ったが、大事を取って暫く休む事になった。その為、第二幕は飛ばして第三幕が先に上演されると、会場にアナウンスが入った。

しかし舞台上の都合で、一幕目後に予定されていたカラオケーコーラスは三幕目後に変更され、がっかりした山中達は口々に不満を唱え始めた。

「山中さん、少し遅れるらしいわ。私、ダンナに黙って来たので、早く帰らないと怒られるんだわ。困ったわ」

「全くだらしない道長だ。あいつのお陰でわしらまでいい迷惑じゃよ」

するとと結理の背後からも、聞き慣れない女性達の声が耳に入って来た。

『納言よ、雷の如く大層な経文の響きではないか？　しかも目覚めてみればあの憎らしき道長殿が目の前におじゃるとは』

『お方様、尊き経筒を蹴り上げ、腰を痛められましたぞ。これでは仏も怒り心頭に御座りまするな』

『アレッ、もしや、それにては皇后定子様と清少納言殿では御座りませぬか？　手前紫式部めも経の響きにて蘇り候が、此度お目通り叶うとは夢々思うておりませなんだ』

『オヤッ、誠に式部殿か？　そなたも手前同様、摂政殿父娘に虐げられ、口惜しき想いをなされたと聞き及ぶ。ここで会うたが千年目じゃ。われら共に力を合わせ、摂政殿への積もる恨みを晴らしましょうぞ。オッホッホ』

結理は暫く、その女性達の声に耳を傾けていた。しかし何か奇妙に感じ、出番を待つ役者達の声かと思い、周囲を見回してみたが、後ろは省エネで照明もなく、暗闇しか見えない。それ以後、話は聞こえなくなったが、何か不可思議な気持ちが残った。

やがて三幕目の初めに、簡単なナレーションが流された。

「舞台は京都御所に移ります。中宮彰子とそのサロンに仕える紫式部の登場です」

やがて舞台上手から彰子役の桜子がシズシズと登場した。その三メートル後にはすみれ子も姿を見せた。二人共長い黒髪を後ろで束ね、美しい十二単を身に付けている。

「オオッ、待ってました。豊田一、嫌、日本一のお姫様達の登場じゃ」

「山中さん、見て、彰子の衣装も豪華だけど、すみれ子ちゃんの紫式部も素敵！」

桜子の方は重ね衿の上に艶やかな紅色の打ち掛けを羽織っている。絹生地に緑と金色の刺繍を施した、目を見張る程豪華な十二単だ。

一方、すみれ子の打ち掛けは目立たない、薄緑と紫系の地味な色合だったが、それも上品な出で立ちで、すみれ子にはよく似合っていた。

「十二単は、母がそれぞれ特注で拵えてくれたのよ。でも台本では一メートル下がるのに、桜子は自分が目立ちたいからと言って、急に三メートルも後ろを歩けと言い出したのよ。嫌になっちゃうわ」

すみれ子は電話で、そうも言って嘆いていた。しかし自前だというこの十二単はかなり高価に違いない。しかも二着となれば尚更だ。

流石に佐伯家のお嬢様達だと思い、結理は感心して目を見張った。

やがて舞台中央まで進み出た桜子はクルリと正面を向き直した。飾り花付きのピンクの扇子を取り出すと、フワリと翳し始めた。

「皆の者、苦しゅうない。わらわは中宮彰子なるぞ。帝よりお招きがあり、清涼殿へ参る。誰かおらぬか、早う輿の用意をしてたもれ」

「中宮様、今暫くお待ち下さりませ。急ぎ運ばせます故」

「おお、そなた式部か。そう言えば、源氏物語の次巻はまだ書き終わらぬか？　我が父上が楽しみにしておじゃる。次巻も必ずや父上のお喜びになる物語をしたためて参れ」

「中宮様、しかと受け賜り候」

「帝は、亡き皇后の忘れ形見なる御子を次期帝にと仰せだが、父上はわらわに授かる皇子を天皇に即位させると申した。わらわはいずれ皇后となる身分じゃ。じゃがそなたは、名のある歌人と言えども、サロンに召し抱えられた奴婢と同じ下部なのじゃ。承知しておろうな？」

「これは恐れ多いお言葉、めっそうも御座いませぬ」

「ならば心してわらわに仕えよ、さすれば清少納言めの様に、父上に宮中を追われる事もあるまい。ホッホッホ」

「重々承知に御座りまする。あれっ、あちらに輿が参りました由、急ぎお渡り下され」

「さようか。御苦労であった。我が君はさぞや首を長うして、わらわをお待ちであろう。わらわは、わらわは」

桜子は十二単の裾を引き擦りながら、舞台に置かれた、黒塗りの輿に向かい、一歩足を踏み出した。

ところがどうした事か、そこで突然言葉を失った。セリフを忘れたかの様に、天井の一点を見詰めたまま、苦しそうに顔を歪め始めた。そしてそのままゆっくりと舞台の下へ下へと沈み込んで行ってしまったのだ。

十二単の裾から頭の天辺まで、ものの十秒と掛からなかった。

そしてそれっ切り姿を消してしまったのだ。

舞台の床には、まるで桜子の形見の様に、飾り花付きの扇子が一つ、無造作に転がっているばかりだった。

すみれ子はと見ると、呆気に取られた様にその場にペタリと座り込んでいる。

台本にはない展開だとしか思えなかった。

「幕、幕、一時中断します」

スタッフ達も慌てふためいて、外側の幕を閉めてしまった。

結理は訳も分からず、暫くはそのまま席に着いていたが、山中達に頼まれて、舞台裏へ様子を見に行った。カラオケ一コーラスは何時になったら歌えるのか、聞いて来て欲しい、と言うのだ。

舞台脇の小階段を上がると、すみれ子は舞台上手の奥に、十二単姿のまま座り込んでいた。

「結理ちゃん、御免ね。桜子は急にせり出しが下がって、奈落に落ちてしまったらしいの。床は直ぐ元通りになったから、誰かが間違えて操作してしまったのよ。今、係員と日野リーダーが下に降りて行って調べているの」

結理はすみれ子の話を聞き、頷いていたが、その時丁度、係員と日野が地下室から舞台の端に上がって来た。しかしそこには、一緒に上って来る筈の桜子の姿はなかった。その代わりに日野の右腕には、しっかりと桜子の十二単が握られていた。

日野の申し訳なさそうな顔を見て、結理もすみれ子も急に青ざめた。

「オイッ、警察を呼べ、警察だ」

スタッフ達が口々に叫び出し、舞台は右往左往の状態になってしまった。

カラオケ一コーラスどころか、一旦閉じた幕は、その夜二度と開く事はなかったのである。

「エーッ、警察が来るから事情聴取を受けろ、だって？　わしらはずっとこの席で見ていただけで、何も関係ないじゃろが」

「そうよそうよ。今までずっと待っていただけで、カラオケ一コーラスも歌えず、その上警察の取り調べなんて全く酷いわ。一体どうなってるの？」

「考えてみると、何か可笑しいぞ。この芝居は祟られてる。定子も伊周も強欲な道長に殺されたんじゃろう？　その呪いが、道長を襲い、娘の彰子を何処かへ消してしまったんじゃぞ。

気味が悪いわ。桑原桑原、みんな早く退散しようぜ」

山中達はすっかり芝居と現実を混同して、這々の体で会場を逃げ出して行ってしまった。

結理は警察の現場検証に立ち会った後、すみれ子に付き添って帰宅したが、その時点では、桜子の行方は皆目分からず、日野もがっくり肩を落としていて、目も当てられなかった。

朝十時からのモーニングカラオケは何時も以上に超満員になってしまった。

飲み物にトースト、サラダ、それにカラオケチケット一枚付きで五百円にしてある。

ミユウ特製サービスで評判も良いのだ。

「ママさん、昨晩消えたお姫様はもう見つかったかね？　主役がいなけりゃ、芝居は出来んわな。発表会は中止かのう？」

昨夜の事件で、今日はカラオケどころか、桜子失跡の噂で持ち切りになってしまった。

日野は今更中止には出来ないので、代役を立ててでも開催すると言ってくれたが、その発表会ももう二週間後に迫っていた。

「結理ちゃん、昨晩はすみませんでした」

心配していたすみれ子から、深夜になって電話が掛かって来た。

「警察が一生懸命捜索してくれているんだけど、まだ何の手掛かりもないの。でも二、三名が共謀して、身代金目的の拉致かも知れないと言われたわ」

「そうだったの、それなら家に何か犯人からの脅迫電話があるんじゃないの？」

「そう言われたので、今日一日中家で待機していたんだけど、何の連絡もないの。心配で眠れなかったので電話してしまったのよ、御免ね」

「私からも電話しようと思っていたのよ。

奈落には争った跡も血痕もなかったのよね。そんなに簡単に拉致出来るなんて、もしかしたら顔見知りとか、内部の犯行ではないかしら？」

「そうなの。でも昨夜はこちらの関係者ばかりで少人数の使用だったので、警備員やそれぞれの係員も少なくて、目撃情報は全くないのよ」

「犯人はそれを承知で、まんまと桜子ちゃんを連れ出し、逃げおおせたのね。

それならそれで、元気で帰ってきてくれるといいんだけどね」

「本当に。入院中の母には心配掛けたくないので、桜子の事は伏せてあるの。

もしかしたら、桜子のあの性格よ、自分勝手な狂言で失跡したとは考えられないかしら？　四、五日前から、母に、何か大切な話があるので、二人一緒に病室に来て欲しいと言われていたの。早く帰ってきてくれないと困ってしまうわ」

すみれ子は途方に暮れ、疲れ切った様子だった。

「心配ばかりしていても体に良くないわよ。今夜はもう、ゆっくり休んだ方がいいわ。明日閉店後、私の方から電話するから、それまで待っていてね」

結理はこれ以上話をしていても埒も明かず、事件解決の目処も立たないと考え、電話を切った。しかし、色々と話を聞いた後では、今度は自分の方が目が冴えて眠れなくなってしまった。

『身代金目的でもないとしたら、一体何なのだろう？　そう言えば、あのリハーサルの舞台では、すみれ子は桜子から三メートルも離れていた。もし台本通り一メートルそこそこなら、二人一緒にせり出しに乗り、奈落に落ちていたのではないか？　日野は地下室から控え室に続くドアの鍵が壊されていたと言っていた。

だとすると、桜子の狂言でもなさそうだ。

もしかしたら犯人は佐伯姉妹二人の命を狙っていたのではないか？』

そんな妄想に取り憑かれ、ベッドの上をゴロゴロと何度も寝返りを打っていた。

翌朝の事だった。何か夢の中で小鳥のさえずりを聞いた様で、やっと目が覚めた。それは携帯の着信音で、点滅ライトに気付いた時には、時間は八時を過ぎていた。昨夜よく眠れず、うっかり寝過ごしてしまったのだ。

すみれ子からの着信が三十分前になっていたのだが、結理が出なかったからか、メールが入っていた。

「桜子からメールがあり、大阪、須磨の別荘に身を隠しているらしいの。食糧と着替えを持ち、至急、実行叔父さんの車で来て欲しい。事情は後で話すから、絶対に警察には知らせないで。などと言って来たの。今から病院を覗いてから、その足で須磨へ経ちます。

到着したら電話するので待っていてね」

すみれ子は、桜子の携帯は残されたバッグの中にはなく、電源も切ってあると言っていた。今になって向こうからメールを入れて来たらしい。

とにかく桜子の生存を知り、結理は一先ず安心した。しかし佐伯家は他にも数ケ所別荘や保養所などを所有している筈だった。

なのに何故遠方の須磨に身を隠したのだろう？　事情はよく分からず、何故かすっきりしなかった。

「オイオイ、ママさん、もう入っていいかい？　リハーサルがペケで、どうも自信がなくてのう。最終チェックをしてくれんかね？」

入り口の鍵を開けるや否や、外から山中の顔がニョッキリ覗いた。

「アレッ、今日こそと思ったのに、又山中さんに先を越されたわ」

みどりや花枝も我先に入店して来た。

結理は慌ててカウンターの中に入り、モーニングの準備を始めた。

「ママさん、忙しそうやから、手伝うわね」

花枝が気を遣い、セルフでお盆を運んでくれた。バタバタしながら、やっと一段落した時に携帯の着信音が鳴った。エプロンから取り出すと、

「お仕事中すみません、日野ですが」

それは意外にも日野からの初めての着信だった。

「今、佐伯姉妹のお母さんを見舞いに来たんですが、すみれ子ちゃんと話したかったんです。一時間程前に病室を出たそうですが、そちらにでも寄っているのではないかと思ったんですが、留守電になっていて、連絡が取れないんですよ」

そういえばすみれ子は昨日舞台稽古を休み、家で待機していたのだ。

「日野さん、お母さんのお見舞い、有り難う御座います。実は今朝すみれ子ちゃんからメールがあり、桜子ちゃんが須磨の別荘にいる事が分かったんです」

結理は日野にすみれ子からのメールについて詳しく説明した。

「えっ、それじゃあ、桜子君は無事だったんですね。それは良かった。連条さんはお母さんのたった一人の弟さんだそうですが、身内なので付いて行ってあげたんですね。しかし警察に知らせるなとは、やはり可笑しいですね。誘拐されて捕われてるかも知れませんよ」

「まあ、そうなんですか？　そこまでは気付きませんでした。事情がよく分からないものですから」

「僕は今日、丁度休暇を取ってるんですよ。そちらに行ってから詳しく話しますから、外出の支度をして、駐車場で待っていてくれませんか？　後二十分位で着きますから」

日野はすみれ子達が心配なので、連条の車の後を追って須磨まで行くと言い出したのだ。

そう言われれば結理もすみれ子の姉貴分としては同行せざるを得なかった。

急な事ではあったが、波江に店番を頼むと、心良く引き受けてくれて助かった。


日野はミュウの駐車場で、結理をピックアップした。そのまま勢い良く、東名高速豊田インターまで突っ走ったが、途中、シートベルトの装着確認だけは忘れなかった。

「実はすみれ子ちゃん達のお母さんは、思ったより病状が悪いんですよ。弟の連条さんが医者に聞いたところ、余命三ケ月と告知されたそうです。それで念の為に遺言書を作成する必要があると言って、友人の石倉弁護士を病室に連れて行ったそうです」

日野は高速に入り、少し走行を落ち着かせると、ボツボツと話し出した。

「遺言書の内容を姉妹に説明したかったらしいです。最近全く姿を見せない桜子君の事も心配していたし、実は僕は二人を病室に連れて来て欲しい、と頼まれたんですよ。流石に桜子君の失跡については何も言えませんでしたが、お母さんには日頃お世話になっているので断れず、一応須磨の別荘の住所は聞いて来ました」

「すみれ子ちゃんの言っていた、二人に大切な話がある、と言うのはその遺言書の事だったんですね」

「そうなんです。連条さんは内容を知っている筈なんですがね。しかし、最近事業に失敗して、多額の借金を抱え、銀行の不渡りまで出しているそうです。お母さんも随分援助されてるみたいですよ」

「エーッ、そうなんですか？　そんなに困っている様子には見えませんでしたが」

　結理は何か急に不安を感じたが、その気持ちを打ち消す様に車窓に目を向けた。

　時刻はもうお昼近かったが、太陽は眩しく皮肉にも絶好のピクニック日和だった。通り過ぎる山や新緑の木々に暫く目を奪われていたが、その内、急に波江から聞いていた、最近の世間話を思い出した。

「日野さん、大変だわ。波江さんが私に、変なおやじと言っていたわ。あれは連条さんの事だったのよ。激励会の夜の事だけど、トイレの横で携帯を掛けていたらしいの。

　遺言書がどうとか、三十億、お日様の家、などと、何か悪い儲け話の様に聞こえたと言っていたわ。カラオケが煩いので、片耳を押さえ、大声で何度も聞き返していたらしいけど、直ぐ横のカウンターにいた波江さんには丸聞こえだったのよ」

　日野は前方を見詰めたまま頷いている。

「やはりそうでしたか。個人情報なので控えていたんですが、こうなれば全てお話ししましょう。お母さんに聞いた話ですが決して他言しないで下さいね」

日野は一応念押ししてから、改まった口調で話し出した。

「遺言書の内容ですが、佐伯家の総資産は四十億です。お母さん亡き後は姉妹に平等に半分ずつ、どちらか、又は両方が死亡の場合は、その四分の三は連条さんに、残りの四分の一は、お母さんが日頃お世話になっている宗教団体お日様の家に、連条さんまでも受け取れなければ、全額がお日様の家に譲渡される事になっているんですよ」

結理は流石に驚いて言葉が出なかった。佐伯家の桁外れの相続額にもだが、執事でもない日野が母親に信頼されている事にも感心した。もしかしたら姉妹どちらかの婿にでもと望まれているのでは？　と余計な詮索までしてしまった。

「それにしても桜子ちゃんは何故わざわざ遠方の須磨に行ったのでしょう」

「そう言われても僕にもサッパリ分かりません。歴史上僕が知っているのは、源氏物語の中の光源氏が、一年間隠遁生活を余儀なくされた地方だという事位です。明石の上と出会ったんですが、須磨は昔から月の名所としても有名です。この事件には何ら関係はありませんがね」

日野は小さく溜め息を吐いた。発表本番の準備も、結理同様、気になっているに違いない。

その後、日野の愛車、黒のランドクルーザーは、滋賀県の多賀パーキングエリアに立ち寄った。

トイレ休憩と、昼食を摂る為だった。

「連条さんの車はグレーのクラウンだが、ここには見当たりませんね。先を急ぎましょう」

午後四時を過ぎて、車は無事、神戸インターを降りた。ナビが苦手だと言うので地図を広げながら下道を走行し、暫くウロウロしていたが、その内須磨浦の海岸に出た。そこから自然に、ズルズルと小高い丘に登った。すると、目的地である佐伯家の別荘は、頂上辺りに、一際目立って聳え立っていた。およそ百坪程のレンガ造りの洋館であった。

「住所から調べても、確かにここですね。古いとは言え、洒落た別荘ですね。ちょっと中で休憩したい所ですが」

日野は少々がっかりした様子だった。やっとの事で辿り着いたのに、建物の手前の広い駐車場には、連条の車はおろか、車は一台も止まっていなかったのだ。

「日野さん、疲れたでしょう。少し休まないと。けれど車がないところを見ると、ここには来ていないんでしょうか？」

日野は脇道に車を移動させると、結理に手渡されたペットボトルの水をゴクゴクと飲み干した。一息吐いた後、心配そうな結理を車内に残し、外へ踏み出して行った。

「車は何処かに隠してあるかも知れないし、犯人が突然飛び出して来る事などはないでしょう。

周囲を探って来ます」

辺りは、人っこ一人おらず、時折り鳥のさえずりだけがチッチッと聞こえて来る。

「別荘地だけあって静かだな。しかし人の気配が全く感じられない。本当にこの別荘の中に桜子君達はいるのだろうか？」

　日野は思い切って、玄関のブザーを鳴らしてみようと思い、二〜三十段続く大理石の階段に近づくと一歩一歩登り始めた。しかし丁度その時だった。

「おや、幸先が良かった。日野さんとはお宅様かね？」直ぐ後ろから名前を呼ばれた。

「思ったより早く到着されましたなあ。佐伯の奥様から昼頃電話がありましてなあ、夕方日野さんという方が見えたら、別荘の鍵をお渡しする様にと言われましたんじゃ。先に来て、別荘の風通しなどしておこうと思いましてなあ」

　振り向くと人の良さそうな白髪の老人が手に鍵束をぶら下げて目の前に立っている。

「ああっ、これはどうも、管理人さんでしたか？　つい先刻到着したばかりです」

　姉妹の母親に、別荘の住所を聞いたので、気を回して、管理人に電話してくれていたのだ。

「お母さんに頼まれて桜子さんとすみれ子さんを迎えに来たんですが、この中にいるんでしょうか？　管理人さん御存知ないですか？」

　日野にそう問われて、管理人は不思議そうな顔をすると、首を横に振った。

「佐伯家の方々は今年の正月以来、お見掛けしませんが、今ここへ来る途中、可笑しな赤い車を見ましたぞ。地元民も通らぬ危険な崖道を海岸へ降りて行きおった。車の後ろに女の子が一人乗っておったが、そう言われればあれはすみれ子嬢ちゃんだったですよ。振り向いた時、優しそうなお顔でしたからのう。幼少の頃から見ているので分かりますんじゃ」

日野は管理人から話を聞いて驚き、慌てて結理の乗っているランドクルーザーに戻った。

「結理さん、大変だ。管理人さんがここへ来る途中に、見た赤い車は、多分石倉弁護士のＢＭＷです。すみれ子君と連条さんは石倉のＢＭＷに同乗してこちらへ来たんですよ。しかも別荘でなく、海岸へ降りて行くなんて、何か怪しい。とにかく急いで行ってみましょう」

結理の思った通り、交流館や中央文化会館で見た赤のＢＭＷは石倉弁護士の車だったのだ。

管理人に聞いた通り、曲がりくねった田舎道を四、五分蛇行すると、左側にガードレールの切れ目が見えて来た。

結理が助手席から覗くと直ぐ真下に須磨の海原が、静かに波打っている。しかし、その美しい光景に見惚れているどころではなかった。

「あっ、日野さん、下の方に赤い車が見えたわ。きっと石倉弁護士の車よ」

日野が、それから切り立った崖下へ、ソロソロとランドクルーザーを降ろした時だった。

「ウワーッ、石倉、何をするんだ。止めろ」

海岸側から突然叫び声が聞こえた。

「あっ、あの声は連条さんだ。間違いない」

日野が、駐車した車から外へ飛び出したので、結理もその後を追い駆けた。

「ふん、考えてもみろよ、たった一千万ぽっちで、こんな大仕事が引き受けられるか？

このクソ野郎、強欲な道長め！」

「今になって何馬鹿言ってるんだ？　それなら三千万で手を打とう。命だけは助けてくれ」

「もう遅いんだよ、死ね、道長め！」

石倉は連条に馬乗りになってナイフを振りかざしている。

岩場で揉み合っている二人を見つけ、日野が大声で叫んだ。

「石倉、止めろ、警察が来るぞ！」

その声は七、八メートル先の石倉には充分届いた筈だった。しかし石倉は何も聞こえなかった様に、仰向けになっている連条の胸を、ナイフを振り上げ狂った様に何度もメッタ刺しにしている。

「キャーッ、あれでは連条さんが死んでしまうわ」

結理は思わず大声で悲鳴を上げた。

二人が急いで岩場に駆け付けた時には、もう石倉の姿は消えていた。日野が血達磨になっている連条に近づき、体を揺すってみたが、ピクリとも動こうとしない。一足遅く既に息絶えていたのだ。

「日野さん、見て、あちらの岩陰に白い服が見えるわ。きっとすみれ子ちゃんよ」

海側の岩場にすみれ子がグッタリと凭れ掛かっている。満ち潮になれば、大波が海に運んだに違いなかった。結理はすみれ子に近づき抱き起こした。顔の下辺りに白い錠剤がたくさん散らばっている。睡眠薬を多量に飲まされたのだ。しかしまだ体は温かく、脈はあった。

「日野さん、車内に水のペットボトルが残っていたわね。急いで持って来てもらえませんか？」

結理は以前、物知りの波江から、胃洗浄の方法を聞いた事があった。その通りに、多量の水を飲ませ、顔を下向きにして背中を擦ってやると、すみれ子は苦しそうに、ゴボゴボと胃の内容物を全部吐き出した。

暫くすると、蒼白だったすみれ子の顔に血の気が差して来た。すみれ子は運良く一命を取り止めたのだ。結理は日野と顔を見合わせ、ホッとした。


やがて崖の上からパトカーのサイレンが鳴り響いて来た。すると、直ぐに刑事が二人岩を伝い降りて来た。

「おお、日野さんと深山さんですか？　そちらは佐伯すみれ子さんですね。御無事でしたか？　お二人の協力に感謝致します」

年配の強面の刑事が四角い顔を綻ばせ、礼を言った。

「別荘の管理人より通報がありましてねえ、こちらへ向かう途中、運良く石倉弁護士を確保致しました。先程全て自供しましたよ」

「主任、こちらの連条実行は既に死亡しています。石倉の自供通り、胸をナイフで八ケ所も刺されていますよ。これで石倉には、佐伯桜子さんに続き、二人目の殺人罪が適用されますね」

若手の刑事の言葉に、日野も結理も唖然とした。桜子は既に殺害されていたのだ。

「すみれ子さんにはお気の毒でした」

連条の遺体と別々に、すみれ子が担架に乗せられて運ばれて行った後、主任刑事が事件についての概要を説明してくれた。

「別荘の管理人が、押し入れの中に絞殺された桜子さんの遺体を発見したんですよ。実行犯は石倉です。金欲しさの連条とは以前から打ち合わせての共謀ですが、リハーサルの舞台ですみれ子さんが予定通り奈落に落ちなかったので、後で須磨まで呼び出す破目になったのですよ。それにあの夜、出番をカットされたり、普段から桜子さんに意地悪されていた青野を外へ呼び出し、少しの金を与え、犯行を手伝わせたのです。しかし彼女も、まさかこんな大事件になるとは思わず、ほんの悪戯心で承知したのです」

「では照明を消したり、せり出しの操作をしたのは青野君だったんですか？」

日野が驚いて刑事に質問したが、結理が会館入り口で見た男女は、やはり石倉と青野だったのだ。

「連条も姉妹殺害に加担する目的で、隠しておいた経筒を放り上げ、蹴り上げて舞台に落としたのです。これも石倉の指示通り、経筒を蹴り上げたのですが、思った程の音が出ず、もう一度拾い上げて、今度は両手で力一杯上に放り投げたのです。その音で、上からの落下物により、自分が事故に遭い、舞台を続けられなくする必要があったのですね。しかしその時の大音響に我ながら驚いた、と言うのですが、自分の企んだ大芝居に緊張して、そう聞こえたのか、それとも仏様がお怒りになったんですかね」

刑事はやれやれという顔で苦笑した。

「あの暗闇の中の大音響には僕も驚きました。しかし単なる舞台の構造上の問題だと思っていますよ」

日野は笑い事ではないと思い、少しムッとした顔をした。

「石倉は絞殺した桜子さんの遺体を、時期外れでほとんど訪問者のいない須磨の別荘に隠したのです。合い鍵は連条が持っていたし、桜子さんの携帯もバッグから取り出しておいたのです。聞くところによると、すみれ子さんは姉の桜子さんに苛められ、恨んでいたそうですね？」

「そんな事はありませんが、それで桜子ちゃん殺しの罪を着せ、責任を取り、服毒自殺に見せ掛けたんですね」

「深山さん、その通りです。偽装の遺書まで用意してありました。ところが、岩場に連れ出したすみれ子さんに無理矢理睡眠薬を飲ませようとすると、『ホーホッホ、そなた何をしておる。そなたの敵はほれ、直ぐ横にいる道長じゃ、バチ当たりで強欲な道長を殺せ、今直ぐ、ここで殺すのじゃ』何処からか奇妙な女の声が聞こえて来て、石倉は催眠術に掛かった様に少し薬を飲ませただけのすみれ子さんを離し、気が付けば、隣りにいた連条を刺し殺していたと言うのです」

刑事は、そこで言葉を切って首を捻った。

「大仕事の割には分け前が少ないと、不満はあったが、長年のくされ縁の友人でもある連条まで殺すつもりはなかった。あの時は我ながら全く正気ではなかったとボヤくんですよ」

愛知県警も一目置く、悪徳弁護士だそうだが、連条が佐伯姉妹を殺害した事にして、その罪の恐しさから自殺した事にすれば、お日様の家に佐伯家の総資産が渡るのだ。

そちらの理事長に便宜を計ってやれば、四千〜五千万の礼金が手に入ったに違いない。それなのに何故連条を失血死させたのだろう。しかも八ケ所も胸を刺して。

確かに正気の沙汰とは思えない。それでは直ぐに自分に容疑が掛かり、警察に逮捕されるではないか。

石倉の言う、奇妙な女の声というのは結理がリハーサルの夜聞いた、同じ女性達の声ではなかっただろうか？　そう考えると、石倉の言い分も満更嘘とも思えなかった。

「睡眠薬が致死量ではなかったとしても、すみれ子君が一命を取り止めたのは結理さんの友情の賜物ですよ。桜子君は残念だったけれど、お陰で一件落着です。サア、今から豊田へトンボ返りしますよ」

別荘の管理人と連絡が取れ、その息子さんが、明日午前中に、すみれ子を豊田の自宅まで送ってくれる事になったのだ。

「すみれ子ちゃんはもう大丈夫、日野さんのお陰です。本当に有り難う御座いました」

結理はホッとした想いで、改めて日野に礼を言ってから、踵を返した。崖下に停めたままになっている日野の車に戻るのだ。

日野も結理の直ぐ後ろから縦一列になって歩いて来る。ジャリジャリと砂を踏みながら。

辺りを見渡すと、何時の間にか薄暗くなり波音だけが、近く、高く聞こえ始めた。

『お方様御覧下され。潮も満ち満ちて、今宵見事な望月が登って参りましたぞ』

『苦しゅうない。納言よ、式部よ、此度は御苦労であった。驕り猛しき道長父娘の哀れな末路、しかと見届けたり。これ全て仏の天誅なるぞ』

『お方様、手前、罪深き彰子めを、鬼の形相にて地獄へ追い落としました故、長年の憂いも晴れ、今宵は懐しくも麗しき月の宴にて御座ります る』

『さもあらん。わらわも今宵、愛おしき帝と手を携えての、千年振りの目出たき月見じゃ。これにてもう、思い残す事は何も御座らぬ』

『お方様、これにて全ての煩悩は須磨の波飛沫の如く消え去り、満願成就にて御座りまするな。オッホッホ』

『さもあらんさもあらん、ウッフッフ』

『誠に今宵のお方様はお幸せそうで御座りまする。オーッホッホッホ』

聞き覚えのある女性達の声が、何か嫌に楽し気に響いて来る。

後ろを振り向くと、直ぐ目の前に、日野が背を向けてボンヤリ佇んでいた。

見るとその肩先には、波間を照らしながら、くっきりと満月が浮かんでいる。

「素敵、日野さんの言っていた須磨の名月だわ！」

まるで影絵の様な美しさだった。

しかし、ふと、日野の背中に目を移すと、そこに重なる様に三女性の後ろ姿が見えた。

黒っぽく見える十二単の袖や裾が、海風にパタパタ翻《ひるがえ》り靡《なび》いていた。真ん中の小柄な女性は袖を日野の手に携えていた。

結理は一瞬、夢の世界に入り込んだ錯覚に陥ったが、そのとたん、女性達の声が急に甲高く耳を突き刺し、奥まで反響した。

『さもあらん、さもあらん。満願成就、オーッホッホ、ウーッフッフ、ホッホッホ』

結理はその驚きと酷い痛さで耳を押さえ、その場にしゃがみ込んだ。

意識が遠のいて行ったが、微かに日野の自分を呼ぶ声を聞いた。

体調を回復したすみれ子から、お礼の電話が入ったのはそれから三日後だった。

「結理ちゃん、須磨ではお世話になりました。あのままでは私も母も殺されていたわ。二人は命の恩人よ。それにお陰で母の病状も回復して来て、元気になったのよ。本当に有り難う御座いました」

桜子と連条の葬儀も昨日無事終えたそうだ。

「マァ、良かったわね。すみれ子ちゃんのお母さん孝行な気持ちが天に通じたのよ。でも桜子ちゃんは残念ね。お悔やみ申し上げます」

「結局不運だと思われた私が桜子のお陰で好運になれたのよ。でも、こんな事になってみると桜子も可哀想だったわ」

すみれ子は今まで自分を仕切っていた桜子から解放され、しみじみと語り出した。

「一度、私が付き添って、なずなの公演を見に行った事があったの。その時の織田信長役だった日野リーダーに、桜子は一目惚れしてしまったのよ。その後、私も一緒に入会させられて、桜子は演劇そっちのけで、日野リーダーに何度もアタックしたわ。けれど、『僕なんか安月給のサラリーマンですよ。長男なので年老いた両親の世話もしないとね。佐伯家のお嬢様方には僕は不向きなんです。すみません』などと何故か私まで含めて、やんわり断られてしまったの。

でも桜子はまだ諦めていなかったのよ」

「そうだったの、でもその日野さんのお陰ですみれ子ちゃんは命拾いしたわね」

すみれ子は電話の向こうでクックと笑った。

「そうなの。母が日野リーダーを気に入っているのよ。でも私にとっては結理ちゃん同様、頼りになるお兄様ってとこなのにね。それより、あの時は私の胃洗浄までしてくれて有り難う。ふと思ったんだけど、結理ちゃんはカラオケのお年寄りのお世話も上手だし、リーダーの御両親にも気に入られるんじゃないかしら？　ああ見えてもリーダーは心優しいだけでなく、中々の苦労人なのよ、結理ちゃんとなら相性ピッタリな気がするの」

結理は思わぬ雲行きになり、ギクリとした。

「アラッ、そんな。実は須磨の海岸から戻る時、私まで気持ち悪くなってしまって、車まで背負って運んでもらったのよ。申し訳なかったわ」

結理は慌てて笑ってごまかしたが、赤面した顔をすみれ子に見られなくてホッとした。

やがて四月、爽やかな春爛漫の日曜日、合同発表会が華々しく開催された。

「結理ママ、五周年記念発表会、お目出とう御座います。今日は踊り連の方々にも協力して頂き、張り切って歌いますよ。それにしても外のポスター大人気ですね。凄い行列ですよ」

結理も今日は一時間前に会場入りして驚いたのだが、桜子の殺害事件が思わぬ宣伝効果となり、観客が殺到したのだ。

「まあっ、すみれ子ちゃん、その衣装は桜子ちゃんの十二単ね。よく似合っているわ」

元々は最初にすみれ子に与えられた彰子役だった。演じ切れなかった姉の供養の為にも頑張る、と言ってニッコリ微笑んだ。

　青野麗華は役を降ろされ、その定子役や、道長、紫式部役も新たに選出され、準備も整い、無事開幕となった。

「オーッ、山中さん、上手いぞ日本一」

「みどりちゃん、衣装もバッチリヨー！」

「豊田のサブちゃ～ん。水越頑張れ～」

　総勢六十名のカラオケ出場者達も、演劇に負けじと頑張り、喉を競った。

「夢の蕾が咲くのなら　桜水源《すいげん》猿投《さなげ》の湯花」

　岬リリ加の歌う『三河夢咲き音頭』も大盛況で、舞台上には所狭しと地元の踊り連や応援団が集合し、賑かに花を添えた。

　こうして一連の舞台は、予定通り順調に展開されて行った。まるで憑き物が取れた様で、日野の一条天皇も一段と素晴らしく、会場のファンをうっとりと魅了させた。

　憑き物と言えば、例の三女性達の声は、もう全く聞こえて来ない。海岸では、日野は月を眺めながら、一瞬金縛りに遭ったと言うが、何も見えず、聞こえなかったらしい。

　時代錯誤なのか？　連条や桜子が余りに嵌まり役だった所為か？　何れにせよ、恨みを晴らし、気持ち良く、元の黄泉の国に旅立ったに違いないと、自分なりに納得した。

「長らくお待たせ致しました。カラオケミュウ最後の出場者をお迎えする事となりました。フィナーレを飾るのはこの方の曲です」

演劇も無事終演を迎えた後、司会者の紹介が始まった。いよいよ、最後の結理の出番が来た。主催者として大トリを務めるのだ。

波江に選んでもらった水色のドレスに着替え、舞台の裾に控えていたが、どうした事か、緊張の余り体中が震えて止まらない。初めての大役でもあり、忙しさの中で自分自身の歌唱練習も出来ず、自信がなかったのだ。

「亡き大ママの愛唱歌、美空ひばりさんの名曲、『川の流れのように』、二代目ママ深山結理さんが歌います。皆様温かい拍手でお迎え下さい」

『晴れの舞台にこんな事では』

結理は思い切って震える足を一歩、舞台に向かって踏み出した。その時、誰かがそっと背中を押してくれた。

『結理どうしたの？　頑張ってお母さんの分まで元気一杯に歌ってね』

懐しく、温かい母の声が脳裏を駆け巡り、結理はその声に救われ、真っ直ぐ舞台に進み出た。

「知らず知らず歩いて来た　細く長いこの道―でこぼこ道や―」

にこやかに、滑らかに、感情を込めて歌いながら、会場高く見上げると、そこに優しい笑顔の母の姿があった。

六年前と同じ元気な母が、結理に向かってゆっくり手を振っているではないか。

結理の目にドッと涙が溢れた。

『そう、母さんにこの晴れ舞台を見てもらいたかった。過去の世界から戻って来て、一緒に歌って欲しかった』

そして、そう思った瞬間、ふと気付いたのだ。

自分の母を呼ぶ強い想いが、同じ黄泉の国の住人である、あの三女性達も自分に引き寄せてしまったのではないか？　それ故自分だけに会話の全てが聞こえていたし、その霊力で石倉を刺客とし、想いを遂げたのだと。

そう考えると桜子が突然舞台で倒れた原因も分かる。紫式部が鬼の形相で睨んだと言っていたが、同時にあの三女性達の恐ろしく甲高い笑い声が桜子の耳を襲ったのだ。その執念の強さによって。それは結理が須磨海岸で意識を失った時の状態と同じだったに違いない。

会場からの大きな拍手と声援の中、結理は歌い終わって深く一礼した。

顔を上げ、高く見上げると、そこには母の姿はなく、空席になっていた。一抹の淋しさは残ったが、でも自分は母の応援のお陰で、立派に大トリを務める事も出来、悔いはなかった。母もきっと、思い残す事なく、笑顔を残し、自分の世界へ帰って行ったのだ。

歴史上有名な、あの王朝三女性が、楽し気な笑い声を最後に消え去って行った様に。

やがて最終フィナーレの時が来た。舞台中央の結理の周囲には、日野を始めとする、なずなの会出演者、スタッフ、岬リリ加が立ち並んだ。全員が一つになり、会場に向かってお別れの挨拶をした時だった。

「結理ちゃん、遅くなって御免、テレビで子連れ婚活の収録があったのよ。応募したら最終フィーリングカップルに残ってしまったの。

残り物には福があるって本当。アラッ、結理ちゃん、そのドレス、女っぷり最高よ！」

波江が会場からアタフタと駆け付け、大きなカサブランカの花束を結理に手渡した。

「波江さん、有り難う、又後でね」

波江は頷きながら笑顔でウインクすると、手を振りながらバタバタと立ち去って行った。

会場から名残り惜し気な声援が飛ぶ中、フィナーレの幕はこうして静かに下りて行った。

「結理ちゃん、大成功に終わって良かったわね」すみれ子は感動して涙ぐんでいる。

「すみれ子ちゃん、お疲れ様でした。この後、スナックで打ち上げだそうよ。先に行って波江さんと用意しておくわね」

結理は日野やすみれ子を残し、一足先に会館を後にした。外に出ると、ライトアップされた桜の花びらが花吹雪となって結理を出迎えてくれた。空気もひんやりして心地良く、発表会成功の達成感で身も心も軽い。これも全て、協力してくれた日野のお陰だと、今になってつくづく感じ入った。

「発表会が無事終了しましたら、遅まきながら水源公園へお花見に連れてって下さい。カラオケの舞台で、一曲デュエットの御指導をお願いします。僕は下手なので、宜しくお願いします」

須磨からの帰り道、助手席でほとんど眠っていた結理の耳に、日野のその言葉だけは、はっきりと残っていた。

クスクスと思い出し笑いをしながら、駐車場に向かい、走り出した時だった。

「オーイ、忘れ物ですよー、僕からのお礼の花束。ちょっと待って下さ～い」

耳を疑いながら後ろを振り向くと、やはり日野正志だった。見ると赤いバラの花束を両手で抱えていた。外灯に照らされた、その横顔がこちらを振り向いた時、結理は目を見張った。

彼の幸せそうな笑顔が、波江のよく言う、福の神そのものに見えた。

『素敵な福の神様、残り物の私にようこそ』

結理は精一杯の笑顔を日野に向け、女っぷり最高のドレス姿で大きく手を振った。

『人生まだまだ捨てたものじゃないわね』

自分自身に、そして天国の母にも届けと、明るく呼び掛けた。

そう思いながら。

――完――

（ユッキーとフッチーのミステリー事件簿）

第一話　大阪城巡り死のバスツアー

「今晩は。優紀ですけどお久し振りー。随分と蒸し暑くなって来たけど、フッチー元気にしてた？」

「アラッ、ユッキーなの？　元気元気、そう言えばもう一ケ月振りね。ソロソロお誘いがある頃だと思っていたのよ。ウッフッフ」

愛知県豊田市在住の、小木原優紀と宮野楓子は幼馴染みの同級生である。お互い独身で、ここ最近は気の合う旅友でもあった。

「実はその通り、ドンピシャよ。相変わらずフッチーは勘がいいわね」

「別にお褒めに預かる程の事ではないわ。

それで今度は何処へ行くの？　まさか海外？」

「それはないけど、私の所属している歴史サークルのツアーなのよ。大阪城巡りなんだけど、今度の日曜日なの。ちょっと急だから駄目かしら？」

「やっぱりね。そんな事だと思ったわ。丁度その日は暇で良かったわ、及ばずながら旅友のよしみで協力致しま〜す」

六月半ばの鬱々した夜の事だったが、持つべき物は友である。フッチーからの快い返事を聞き、ユッキーはホッとし蒸し暑い不快感も吹き飛んだ。

「ワーッ、本当？　有り難う。

一応歴史講座の学習目的という名目なんだけどね、観光バス一台貸し切って、大阪城見学なの。途中、大阪ミナミ、道頓堀で食事、名物のタコ焼きやお好み焼きも食べ歩き出来るんですって」

ユッキーは豊田市中心部にある、家の近くの交流館で、毎週木曜日、趣味の歴史講座を受講している。

講師の桐生伝次郎は、何処ぞの私立高校の教師だったが、数年前に定年退職し、今年になって交流館の講師に収まったばかりだ。

歴史講座の宣伝と、人気取りを兼ねて、バスツアーを計画したのは良いが、希望者は全員で三十名そこそこだ。格安ツアーという前触れなので、後十名程人員が集まらないと、出発出来ないと言っている。

これ以上一人分の予定交通費を割高にしない様にと、受講生達はそれぞれ友人、知人を勧誘する羽目になったのだ。

「フンフン、お一人様四千円で、大阪城の入場券代も含まれてるのね。そりゃあお値打ちだわよ」

フッチーも電話の向こうで話を聞き、格安ツアーだと言って喜んでいる。

歴史講座は発足以来、誰でもいらっしゃい、大歓迎状態なのだが、ほとんどが暇を持て余す、お気楽な年配者、五十代から六十代の男女ばかりなのである。

それに比べれば三十一歳のＯＬであるユッキーは珍客的存在なのだ。

歴史探究が趣味で入会したのだが、今回のツアーでは道中の話し相手としてもフッチーの参加は特に有り難かったのである。

とは言え、講座の仲間達は皆、ユッキー同様、戦国時代に想いを馳《は》せて、大阪城や城主の秀吉、側室の淀君、その子の秀頼などに興味津々でツアーに参加した面々であった。

それから二、三日後、会社の残業で少し遅れて帰宅した時だった。

「ユッキーお帰り、遅かったわね」

母親の光代がキッチンから声を掛けて来た。

「どう？　このヘルシー丼、材料は酢飯にキャビア、アボカド、とびこ…と。美味しそうでしょう？　テレビの料理番組を見て作ったのよ」

光代は典型的な専業主婦である。父親の猛は既に定年間近の年齢だが、自動車部品関連会社の役職に就いている。

敬一という四歳年下の弟が一人いるが、近くの物流会社勤務で、常時残業で帰宅が遅い。父親同様、外食も多いので、家族揃っての食事は中々不可能な状態である。

「父さんも敬一も今夜は遅くなるそうよ。

二人で先に頂きましょうか。そうそう、そう言えばついさっき、楓子ちゃんから電話があったわよ。ユッキーからはまだ聞いてなかったけど、旅行に行くんですって？　もしかしたら最近パンフレットが届いていた、婚活ツアーなの？」

「フッチーから聞いたのね。でもそれ、只の歴史サークルのツアーなのよ。残念でした。でもお土産買ってくるわね」

「な〜んだ。只のツアーなの。がっかりね」

光代はこの頃、特に婚活婚活と口煩い。それも娘を想う母心で無理からぬ話ではあったが、ユッキーはサッサと食事を済ませて二階の自室に上がって行った。

「アラッ、ユッキー、今日は会社、定時じゃなかったのね。御免、お母さんに聞かれて旅行の話、してしまったわ」

フッチーは先に電話でユッキーに謝った。お喋りだと思われたくなかったのだろうが、それ自体謝る程大した事でもない。

ただ、ユッキーにしてみると、光代は良妻賢母ではあるが、一方子離れ出来ていない母親なのだ。何時までも子供扱いされるのは嫌だし、旅行の事も色々と干渉《かんしょう》し反対されそうで、話しそびれていただけなのである。親子間の感情も複雑な時もあった。

「じゃあ、今度はネットで注文したスニーカーでいいかしら？　リュックじゃなくて普通のバッグ位でいいわね。服装はどうする？」

以前二人は岐阜城に登った事がある。初心者コースだというのに、予想以上の急勾配で、崖道や石段が続いた。パンプスで気楽に構えていたので、靴ずれが出来てしまい、足を引き摺って帰宅した記憶がある。

その経験に凝りて、フッチーは事前の打ち合わせをしたいと思ったらしい。

六月後半になると梅雨入り間近で空模様はずっと曇り勝ちだったが、旅行当日は珍しく晴れ間が見えた。運良く絶好の旅行日和となったのである。

「豊田歴史サークルの皆様、お早う御座います。皆様お揃いになられましたね。それではこちらから順番に御乗車下さい」

若いガイドの指示に従って皆ゾロゾロとバスに乗り込んだ。

「ユッキー、早く早く、あっ、ここがいいわ。この席にしよう。行きは私が窓際で、帰りは交代するわね」

慌て者のフッチーが大急ぎで車内に入り、席取りをした。何かバーゲンセールと同じで先駆けが癖になっている。しかし席数は充分余裕があった。

「今日は皆様のお心掛けが宜しかったお陰で大変好天に恵まれました。大阪城巡りツアー、ガイドは新人のこの私、水谷が御案内させて頂きます。運転手はこの道三十年のベテラン、榊原が務めますので御安心下さい」

ユッキー達はこの時期もしもの為の折り畳み傘や手荷物を上の棚に載せ、飲食物は直ぐ取り出せる様に足下に置いた。

最後部から三列目の左側席に収ったのだが、通路向いには、六十代前半だと言う、白髪混じりの浜口が座っていた。やはり、今回誘ったらしい友人の岡野と並んでいたが、二人共上品な御婦人達だ。浜口は気さくな性格で、受講生の中でも、ユッキーとは親しい方だ。しかし少々お節介を焼き過ぎるところが玉に瑕である。

「小木原さん、今日は宜しくお願いしますね。でも今回の顔触れは何時もと少し違うわよ。観光協会からの紹介で七、八名の方達が乗り込んでみえるのよ。人数合わせじゃないかしら？　でも皆さん本当に歴史学習に興味があるかどうか怪しいものですよ」

浜口が口に手を当てながら、こっそり話し掛けて来たが、見ると、その隣りの岡野が直ぐ前の席を指差し、クスクス笑っている。

首を伸ばしそちらを覗き込んでみると、モジャモジャ髪の仏頂面男が既に窓際席で缶ビールを呷《あお》っている。五十歳代に見えたが、その隣り、こちら側の女性は長目の茶髪をソバージュにして、ヒラヒラのロングドレスだ。ケバイ感じで年齢不詳である。

なる程、浜口の言う通りだと頷いていると、その仏頂面男が、優紀の目の前で突然、右手を高々と上げた。

「オオッ、ガイドさんようっ、出発ちょっと待ってくれ、これが缶ビール買ってくるさかい、バス遅らしてんか？」

イザ出発という時だったが、新人ガイドは笑顔のまま快く承知した。戸惑う暇もなかったのであろう。

「御免なさい、御免なさい。すみません」

その後直ぐ、隣席の女性が立ち上がり、愛想良さそうにバスを降りて行った。見掛けの割に意外と頭が低い。

「こんな時になって嫌ねえ、でもこのお二人は御夫婦ではなさそうよ。男の方は沼田さん、女の方は木島さんと、先生が名前を呼んでみえたから。先生はツアーの責任者だから乗客名簿を持っていらっしゃるのよ」

浜口が声を低くして話し掛けて来たが、時を同じにして前の方から桐生講師が立ち上がった。

「エーッ、本日は晴天なり」

場繋ぎのつもりもあったのか、マイクをトントンと叩いた。する必要もないマイクテストをしたのである。

「エーッ、ゴホン、私が歴史講師で、今回のツアーの主催者、桐生伝次郎です」

色黒のニヤケ顔でこちらを見回している。

今日は講義の場と違い、中々のお洒落を決め込んでいた。

金ピカの西陣ネクタイと、目立つ赤と黒のスーツ姿だ。そう言えば受講者達は、皆、何処か顔付きや背格好が猿っぽく、太閤秀吉に似ているのではないかと、以前から噂していた。自分もそれを意識して、秀吉の、赤の陣羽織スタイルを真似て折角の大阪城に出向くつもりかも知れないなどと思えた。

「オホン、私も及ばずながら、今日はガイドさんのお手伝いをさせて頂きます。ところで本日のツアー日程表を忘れた方、又はまだお持ちでない方はいらっしゃいませんか？」

桐生の呼び掛けに答えて、五、六人が、アチコチで手を上げた。ほとんどが歴史講座の部外者だった。

ユッキーの近くでは最初に沼田が声を上げたが、後ろの座席の方でもガヤガヤと反応があった。

「ハイハイ、沼田さん、一枚どうぞ。それとそちらは、オーッ、貴方、ロベルト、フレンチネ」

「オウッ、ボンジュールジュマペールロベルト、セニョールソレコッチ二枚ネ、メルシーボク」

「ロベルト、日本語お上手ね。ハイ、二枚どうぞ、オッホッホ」

フレンチなどと聞こえたのでユッキーもフッチーも首を伸ばし後ろを振り返ってみた。見ると、今まで気付かなかったが、一番後ろの左側窓際席にブロンド髪で深いブルーの目をした外国人男性が乗車している。年齢は三十代後半に見えたが日本人と違い外国人なので良く分からない。隣りの五十代位の日本人男性と笑いながら何かトンチンカンな日本語で話し合っていた。

「アアッ、びっくりしたわね。ツアー客の中にフレンチがいたなんて凄いわね。我が豊田市も既に国際交流都市の仲間入りという事よ。

何だか今日は突発的なミステリーバスツアーになりそうね。楽しみだわ」

フッチーは首を竦めてキャッキャキャッと笑った。

「本当、本当、フランスの人なんて、私が知ってる男性は映画俳優のアラン・ドロンと、マリー・アントワネットの恋人フェルゼンだけよ。

勿論フェルゼンを見た事はないけど、きっとあんな感じのイケメンじゃないかと思うわ」

ユッキーは中世のフランスを想像して、ウットリと目を閉じた。ヴェルサイユ宮殿も一度は訪れたいと兼々願っていたところだった。

やがて三十分もすると木島が戻って来た。

缶ビールとつまみの袋を両腕一杯に抱えてドッコイショとバスに乗車して来た。

「すみません、すみません。お待たせしました」

ガイドに頭を下げ、申し訳なさそうにフラフラと通路を歩いて来たが、その時、その胸元に光り輝き揺れていた豪華なネックレスが目に付いた。

ユッキーもフッチーもついじっと見惚れてしまった位だ。

木島が席に着くと、バスはやっとエンジンが掛かり、動き出した。その後、バスは豊田市を離れ目的地に向かって順調に走行していたが、暫くは桐生講師のお喋りが続いた。

「エーッ、大阪城は東区淀川下流域に位置し、信長の攻撃で焼け落ちた石山本願寺跡に築城されました。一六一五年、大阪夏の陣で焼け落ち、現在は鉄筋コンクリート造りで、城内は博物館となっております」

しかし一時間もしない内に残念ながらそれ以上は断念せざるを得なかった。

「オーッ、先生よう、大層な解釈は不要だっちゅうの。わては大阪出身やよって、大阪城の事なら全部御存知や。わてが講義してやるよって、何でも聞いてんか？」

酒に酔っ払った沼田が突然大声で喚き出したからだった。

「エーッ、それはそれは、沼田さんは大阪出身でしたか。これは失礼をば致しました」

桐生はヘコヘコ笑いながら、仕方なさそうに講議を終了した。

観光協会に無理を言って、ツアー客を紹介してもらった手前、多少の手違いは承知せねばならなかった。

「そやそや、ガイドはん、そろそろカラオケタイムちゃいまっか？　わてはこれが楽しみで参加したんや。バスツアー言うたらカラオケにお決まりやさかいな。わての十八番は浪花恋しぐれなんや、なあ、チイちゃん、一緒にドンドン歌うでえ～」

チイちゃんとは隣席の木島の事らしかった。

「芸のためなら女房も泣かす～、それがどうした文句があるか～」

桐生がつい遠慮して、沼田に言われるままマイクを渡してしまったので、それ以後は、木島とのデュエットから始まり、沼田のカラオケオンパレードになってしまった。

初めは物珍しさもあり、他の乗客は黙って聞いていた。しかし同じ調子のガラガラ声が何曲も続くと、流石に耳を押さえたり、迷惑そうに顔を顰める者も続出して来た。

「ウワーッ、ど下手ー、私カラオケ苦手なのよ、何とかして～」

「本当、少しボリューム下げて欲しいわ」

他の客同様、ユッキーとフッチーが悲鳴を上げた時だった。何故か後ろからパチパチと拍手が響いて来た。

「ウイ、ジャパニーズ演歌、トレビヤン、ソレ、ブランドデスカ？　フレンチシャンソン同ジグラッチェ！　次ハガイドサンノブランドモ聞キタイデース」

よく通るロベルトの声だったが、何故か沼田は、ブランドと聞くと、ギクリとした様子で急に歌うのを止めた。

「オーッ、演歌がブランドね。フレンチはおもろいわ。ワッハッハ」

何か愛想笑いをしながら、あっさりとマイクをガイドに手渡した。

先程までの勢いはなく皆拍子抜けした位だ。

しかしその後、ガイドが関ケ原の戦いについて面白可笑しく説明を始めた時には、失礼な事に、沼田は高鼾で寝込んでしまっていた。

「アアッ、良かった、ロベルトに救われたわね。カラオケバスと勘違いなんて堪ったもんじゃないわ」

「そうよね。やはりフレンチの男性って素敵。フェルゼンもきっとロベルトみたいに思いやりのある男性だったと思うわ」

「アラッ、どうしたのユッキー。目が何時の間にかハート型になっているわよ。どうしちゃったのよ？」

フッチーはユッキーをからかって喜んでいる。

「そう言えば、以前、ユッキーはフランスのマリー・アントワネットが買わされそうになった豪華なダイヤのネックレスがその後行方不明になったままだと言っていたわね。それってもしかして、沼田さんの隣りの木島さんが首に付けてる様な物だったのかしら？」

暫くしてから突然フッチーが思い付いた様にユッキーに質問して来た。

「アラッ、フッチーよく覚えていたわね。

マリー・アントワネットの方は何度も断ったんだけど、宮庭お抱えの宝石商までが詐欺に遭い、フランス革命に至る一つの要因になってしまったのよね。贅沢ざんまいを責められたの。

その当時、日本円では八百万円位と言われたけど、もし今発見されれば有名税が上乗せで一億や二億は下らないと思うわ。

騒ぎの後、イギリスかベルギーで売られ、その後行方不明になってしまったそうよ。

確かに木島さんのネックレスにイメージは似ていると思うけど、でもいくら何でも同一の物じゃないわよ。宝石も本物かどうか怪しいしね」

ユッキーは、宝石には余り興味はなかったが、序でに理想の恋人フェルゼンについてフッチーに話して聞かせた。

「ルイ十六世の妃、オーストリアから嫁いだ、マリー・アントワネットと、その家族を救出しようと、フェルゼンは最初、苦労して大型の立派な馬車を用意したの。

ところがその集合場所に、マリー・アントワネットが道に迷い、一時間も遅刻したのよ。

その後出発したものの、ルイ十六世が途中の民家で歓迎を受けて立ち寄り、結局三時間も遅れてスペインの国境近くに到着したの。

けれど余りに遅いので、待機していた騎兵隊は解散してしまい、遂にフランスの革命軍に発見され、宮殿に引き戻されたのよ。

その事件が余計に早く処刑に至る原因となったのね。

でもフェルゼンはそれに懲りずに、処刑日間近となっていた、アントワネットの食事用のパンに、メモを挟んで届けさせたの。

愛するアントワネットを誘導して逃亡させようとしたのね。けれど、次期十七世でもある幼いルイ王子達を残し、一人で逃げ出す事は、母親としてとても出来なかったのね。

フェルゼンの願いも空しく、マリー・アントワネットは処刑場の露と消えてしまったの」

「へーッ、流石によく知っているわね。私のネットショップ狂いと同じだわ。歴史探求に熱心なのは良いけれど、その分結婚願望ゼロなのよね。私達の両親もこれでは気を揉む筈よね」苦笑した。

フッチーはそう言って感心した。

「『もう私の事は忘れて下さい。どうぞお幸せに』それがフェルゼンに宛てた、マリー・アントワネットの最後の手紙、遺書だったのよ。

フェルゼンは大泣きに泣いて、その後残された人生を深い悲しみを抱え、一人で生きていかねばならなかったの。本当に可哀想で同情するわ」

今にも泣き出さんばかりのユッキーの様子に、フッチーも半ば呆れ顔だ。

「なる程ね。ユッキーはそのフェルゼンの大ファンで、当然ベルばらも熱心に見ていたんでしょうね？　それで何故かあのイケメンロベルトとフェルゼンが同一人物に見えてしまったのね」

フッチーは如何にも納得した様子で深々と頷いた。

「まあっ、フェルゼンに同情するのもいいけど、大阪城主、秀吉の側室、淀君と息子の秀頼だって気の毒だと思わない？　親子で自害して果てたと言うけど、他に生き延びる方法はなかったのかしら？」

フッチーの話は、普段からよく方向転換するがユッキーもそれには慣れたものだ。

「その話も悲劇よね。でも淀の評判は余り良くなかったみたい。ねねにも他の側室にも子供は出来なかったのに、続けて二人も男児を出産したでしょう？　父親は当時高齢の秀吉ではなく、豊臣家の重臣で淀の身近に仕えていた、大野治長か、石田三成ではなかったか、などと疑われている位よ」

「へーッ、そうなの。でも当の秀吉はそれに気付いていたのかしら？」

「秀頼の幼名は拾丸なのよ。実子だと確信していたらそんな冷淡な名は付けないとも思えるわ。それに亡くなる前にも異常に錯乱していたのよ。

『秀頼を頼む。秀頼を頼む』って。

本来の威厳も消え去り、ただ、豊臣家滅亡の危機感だけを募らせていたわ。秀吉らしくもないし、先に養子にした秀次を、淀の言いなりになって自害させずに、跡継ぎにした方がむしろ良策だったのかもね。

勝手な解釈だけどその方が家康との戦いは避けられ、淀達親子も生き残れたかも知れないわ」

「フーン、もしかしたら淀はただの秀吉の側室では終わりたくなかったのかも知れないわね。何としても世継ぎを産んで天下を取らせたかったのかも。そうすれば、正妻のねねや、徳川秀忠の正妻となったお江よりも高貴な身分が約束され、女としての天下取りが実現出来ると思ったのかも知れない」

「フッチーも中々鋭いわね。戦国時代の姫達は政略結婚の餌食だったのよ。その反動とも言えるわね。不義という大罪までも犯し、豊臣家滅亡を招く結果となってしまった。いわんや家康の正妻だった築山殿と、その子信忠同様、淀親子も何れ抹殺される運命だったとも思えるわ」

「もしそれが本当なら淀君は凄い野心家ね。

策略家で、現代女性以上に大胆だったんだ」

「まあっ、そう言っても何処までが真実かは今となっては不確かなのよ。確かな事は、私達が現代の一般庶民の娘で良かったという事実よ。こんな風に自由にお気楽に、その時代では全く不可能な、バスツアーにも参加出来るんだからね」

「そうね。姫様ではないけど、政略結婚で嫁がされる事もないものね。そうかと言って自由過ぎて一生独身ではね、何処かに運命の彼がいないかしら？　ユッキーはどう？」

フッチーがロベルトを指差して態とウインクしたりするので、冗談とはいえユッキーは周囲に何か悟られないかと気が気ではなかった。

二人はそうこうしながら、歴史ツアーならず、お喋りツアーを充分楽しんだ。その後一時間位で、西宮インターを降り、大阪市内へと進入した。

やがてバスは予定通り、道頓堀に入り、繁華街を通り駐車場に到着した。そしてガイドのホッとした安堵の声が耳に響いて来た。

「皆様大変お疲れ様でした。三十分程遅れましたが、無事、大阪ミナミ、道頓堀に到着致しました。自由時間は一時間となっております。

お買い物や食事など散策しながらお楽しみ下さい。それではお忘れ物など御座いませぬ様、お気を付けて行ってらっしゃいませ」

ガイドに見送られながら、皆やっとバスから解放され、背伸びしながらいそいそと繁華街に繰り出して行った。

しかしユッキー達が最後にバスを降りた時には、沼田は飲み過ぎた所為か、そこらに立ち止まって木島に介抱されていた。

「ウワーッ、やっと外に出られたわね。とたんにお腹が空いて来たわ。サア、どっちへ行きましょうか」

二人して辺りをキョロキョロ見回すと、ロベルトと連れの男が近くで立ち話をしている。

「ホラッ、ユッキー、ロベルトがあっちにいるわよ。ちょっとハントでもしてみる？」

「また〳〵フッチーったら止めてよ、それより道頓堀と言えばお好み焼きやタコ焼きよ」

「キャッハッハ、残念ながら私達は色気より食い気だったわね。それではあちらに見える、お好み焼きバーガーが美味しそうだわ。

食べ歩きしながら名物土産でも探しましょうか」

フッチーは笑いながら先に立って歩き出したが、その時になると、直ぐ近くにいた沼田達同様、ロベルトも姿を消していた。


二人が大阪クッキーや点天の一口ギョーザなどを選び、くいだおれビルの中に入ってみると、浜口と岡野が食事をしていた。

目の前にくいだおれ太郎とくいだおれ姫セットを並べてパク付いている。

「アラッ、あのパフェ見て、外のくいだおれ太郎人形にそっくりだわ」

本物と見比べ大笑いしてしまった。

そんな調子でウロウロしている内に、ツアー仲間達とも擦れ違ったりはしたが一時間はアッという間に過ぎた。

土産物の袋をドッサリ抱えて、そろそろバスに帰ろうとした時だった。

「アレッ、ユッキー、あそこ見て、金龍ラーメン店に沼田さん達カップルが入って行くわよ」

「本当だ。随分人気のある繁盛しているお店の様ね」

「そうね、でも集合時間に後十分しかないのよ。いくら美味しいからと言って今から注文して間に合うのかしら？」

「無理かも知れないわね。でも沼田さんは大阪出身だと言っていたから、もしかしたら後から二人で大阪城に来るんじゃないかしら？」

「ふん、そりゃあそうね。でもそれなら二人水入らずで来ればいいんじゃない？　我が儘で可笑しな人達なのね」

ブツブツ言いながらも、自分達も遅刻しそうになり、早足でバスの待つ駐車場に向かった。大袋を抱え、モタモタしながらやっとバスに乗り込んだが、その後何故か沼田達が気になった。

バスが大阪城に向かって出発した後、ガイドに聞いてみると、やはり、十分程前に桐生に連絡があったそうだ。三十分遅れで大阪城で合流するとの事だった。

「ふ〜ん、そうなの、やっぱりね。却って大酒飲みの酔っ払いが厄介払い出来て良かったじゃない」

フッチーが横を向いてペロリと舌を出した。

程なくバスは第一の目的地である大阪城に到着した。バス専用駐車場は休日の所為で他の観光バスやツアー客でごった返していた。

「それでは今からガイドさんを先頭に出発しますよ。順路に沿って行きますから、皆さん迷子にならない様に御注意下さい」

　乗客達が手旗を持ったガイドの後ろに列を作ると、桐生がいかにも親切そうに年配者の世話を焼いている。まるで介護施設の職員の様だ。

「ワーッ、フッチー見て、間近に見ると凄い迫力ね。五層八階建て、名古屋城と同じで四層までは白塗りの家康風、五層目の天守閣は秀吉風の黒塗りなのよ。凝った造りよね」

「本当本当、岡崎城や岐阜城に比べて充分引けを取らないわね。ところでユッキー、おトイレは何処にあるのかしら？」

　城の入り口途中まで来ると、フッチーは落ち着かずソワソワし出した。説明を聞くどころではなさそうだ。その後トイレを探して列を抜け出して行った。

「大阪城は戦国時代、安土城、姫路城と並び、敵を迎え撃つ、防御の城でしたが、同時に城主の生活の場となっておりました。

　大阪冬の陣の後、家康が西の丸に天守閣を築き、居住しておりましたが、夏の陣では家康に滅ぼされ、残念ながら炎上してしまいました」

　ユッキーはフッチーを待ちながら、それにしても嫌に遅いなと思っていた。ガイドの説明に耳を傾けていた時だった。

「ウワーッキャーッ、誰か来てー、人が死んでるーっ」「キャーッ、本当だ！」

　ユッキー達の並んでいる列の後で、突然、つんざく様な甲高い悲鳴が聞こえた。

一、二分もしない内に、周囲からもガヤガヤと騒ぎが起き、複数の足音がバタバタと後方に向かって走って行くのが分かった。
「ユッキー、お待たせして御免、ちょっと野暮用に出喰わしちゃってね、アレッ、何か回りが騒々しいわね、どうしたのかしら？」

その時になって、やっとフッチーが列に追い着いて来たが彼女は今までトイレにいたのか悲鳴が聞こえなかったらしい。

「ちょっとちょっと、すみません。こちらに愛知県豊田市からお見えの歴史ツアー責任者の方はいらっしゃいませんか？　桐生伝次郎さんと言われるんですが？」

その後直ぐに、腕章を付けた城の関係者らしい男が一人、人混みを掻き分けながらやって来た。

「ハイ、私がツアー引率者の桐生ですが、何か御用ですか？」

桐生が不審そうな顔をして名乗り出ると、その係員が二、三言葉を掛けた。その後、桐生は何か青ざめた顔になり、係員と一緒に、慌てて列の後方へ走り去ってしまった。

しかし列の前方で、桐生の近くにいた浜口が、係員との話を聞いていたらしく、ユッキーに声を掛け手招きした。

「小木原さん、大変よ、駐車場の脇の溝で沼田さんの遺体が見つかったそうよ。ナイフか何かで刺されて殺されたらしいんですって。恐いわねえ」

「エーッ、あの沼田さんが？　そんな、でもそう言えば道頓堀からこちらに来てからは、あの二人には会ってなかったわよね。ねえフッチーそうよね？」

ユッキーが余りの事に驚いて叫び声を上げると、隣りのフッチーも目の色を変え頷いた。

周囲のツアー仲間達も緊張したのか互いに言葉を交わしていたが、その内直ぐに大阪城内入場の順番が回って来た。ガイドは外で待つと言ったが、今更引き返す事もないだろうと、皆そのまま城内にゾロゾロなだれ込んだ。

中に入ると、秀吉や、その当時の遺品、名のある武将の鎧兜がズラリと並び、所狭しと展示されていた。

しかし精神的に皆動揺している。戦闘用具など目の前にして余計恐ろしく不安に感じたのか、沼田殺害の噂話ばかりが耳に入って来る。ユッキーもフッチーも落ち着かず見学はそこそこに急いで城外へ出てしまった。

桐生講師も警察に関係者として取り調べを受けているのか、そのまま戻って来ず、歴史学習どころではなかったに違いない。

「そう言えば一緒にいた木島さんはどうしたのかしら？　誰も見掛けなかった様ね」

ユッキーの問い掛けにフッチーは何か浮かぬ顔をしていたが、

「アラッ、現場に一人、ブロンド頭の外人が出入りしてるのが見えたわ。あれ、もしかしたらフレンチのロベルトじゃないの？」

殺人現場の駐車場近くに戻って来た時、突然叫び声を上げた。

「アラッ、本当？　何処何処」

ユッキーも首を伸ばしてキョロキョロ見回してみたが、現場は青いシートが張り巡らしてあり、人が大勢集っていてよく見えない。

フッチーに言われ今になって気付いたのだが、ロベルト達も道頓堀でチラッと見て以来、その後会っていない。バスの車内ではよく確認もしなかったのだが、彼らもツアーとは別行動だったのだ。


「ああっ、皆さん、お帰りなさい。この度はとんだ事になってしまって、どうも」

帰りの時間が来てバスに乗り込むと桐生が入り口でペコペコ頭を下げている。

「御存知とは思いますが、沼田さんが何かの事件に巻き込まれたらしくお亡くなりになりました。誠に残念ですが御冥福をお祈りしたいと思います」

殺害理由も全く不明だと言うが、桐生は流石に落ち込んだ様子で、合掌し、折角の金ピカファッションがまるで仏壇の様に見えた。それも滑稽だったが、帰りの車内もお通夜の式場行きバスの様にシーンと静まり返ってしまった。

数時間前まで、ドラ声でカラオケを歌い捲っていた、あの存在感ある沼田が突然ほとんど直ぐ目の前で殺害されたのだから無理もなかったのである。


帰りの席はユッキーが窓際の筈だったが、バスが出発するまでフッチーは窓から首を突き出してキョロキョロしていた。誰かを待っている様子に見える。
しかし、エンジンが掛かり、ユッキーに席を譲った後に、トントンと背中を突っつい
た。そしてその後で徐《おもむろ》に口を開いた。
「まさかこんな事になるとは思っていなかったのよ。後から取りに来ると言っていたので
騒がずに黙っていたんだけど、実はこんな物を預かってしまったの」
フッチーは下に置いた旅行用のバッグから何か細長い小箱を取り出した。
辺りを警戒しながら用心深く蓋を開けた。
だが、その時、中を覗き見たユッキーは目を見開いた。
「アラッ、綺麗、豪華なネックレスね。でも、これ何処かで見た事があるわ」
フッチーは鼻に皺《しわ》を寄せ、最もらしく頷いた。
「ええ、そうなのよ。これは沼田さんの連れの木島さんが首に付けていた、あのネックレ
スなのよ。実は思いも掛けずに、大阪城のトイレの入り口で出喰わしてしまったの。
何か急いでたみたいで、慌てて預けて行ったわ。後から取りに来ると言っていたので
ユッキーにも黙っていたのに、来ないでしょ？　困っているのよ。さっきガイドさんに聞
いてみたんだけど、何の連絡もないらしいし、行方不明になってるのかも知れないわ」
「ふ〜ん、そうだったの。何かフッチーの様子が可笑しいと思ったわ。でもこれ、古いデ
ザインみたい。ダイヤは小粒だけど三十〜四十個は使われてるわね。中心のサファイヤが
大きくて近くで見ると特に綺麗だわ！」

「木島さんは、これを手渡す時、マリー・アントワネットの涙というフランスのブランド品だと言っていたわよ。彼女、豊田市内でスナックを経営してるそうなの」

深いブルーのサファイヤには、今にも泣き出しそうな悲し気な表情の顔が写っている。

フッチーの顔だろうと思ったが、それにしても何か幻想的で美しく見える。まるでマリー・アントワネットの面影がこちらを覗いている様にも見え吸い込まれそうに感じた。

「木島さんは豊田市内に住んでるらしいわ。もしかしたら後で電話番号を調べて連絡が来るかも知れないし、もう暫くこのまま待ってみるわ。それから警察に届けても遅くはないでしょう？」

フッチーはそう言いながらも、ネックレスがかなり気に入った様子で、ウットリと手で触れたりしている。特別宝石類に興味もないユッキーだったが、マリー・アントワネット事件で、行方不明になっているその宝石ではないかと疑ってしまった位、神秘的に見えた。

「万が一本物なら随分高価な物だし、大変よ。失くさない様に気を付けてね」

ユッキーが小声でささやくと、フッチーは周囲に気を遣いながらネックレスを又、こっそりバッグに仕舞い込んだ。

こうして好運にも晴天に恵まれた歴史サークルの日帰りバスツアーは一応終了した。

しかし沼田の殺害事件、行方不明の木島、その木島のネックレス、マリー・アントワネットの涙、それにフェルゼンに似たロベルトの出現など、最初にフッチーの言っていた様に何か訳の分からぬ不可解なミステリーツアーとなってしまった。

それから三日後の水曜日の事だった。

会社からの帰宅途中、ツアーで一緒だった浜口から携帯に着信が入った。

「アラッ、小木原さん、今何処？　帰宅前なら丁度良かったわ。急ぎの用事があるのでちょっと来てもらえませんか？」

浜口の家から直ぐ近くの喫茶店に来てくれと言われ、車を方向転換した。

店名はピンクパンサーなどと聞いたが、到着してみると、カラフルな庇の付いた赤屋根のお洒落な喫茶店だった。

ピンク色のドアを開けると、店の奥から、イメージに不似合いな、白髪頭のお年寄りが二人、しきりと手を振って招いている。

夫を数年前に亡くした浜口は、時々この店で夕食を済ませるのだそうだが、やはり一人暮らしの岡野とはここで知り合ったらしい。

「いくらツアーの人数合わせだと言っても、あれでは桐生先生も顔は潰れるし、大失敗だったわね」

のんびり話し出したがその後、浜口の口調が変わった。

「それはそうと、小木原さんはまだ知らない様ね。多分今夜までに交流館から連絡があると思うけど、明日の歴史講座はお休みなのよ」

「アラッ、そうなんですか？　じゃあ家の方にもう電話が入ってるかも知れませんけど、どうして急にお休みなのかしら？」

「桐生先生が昨夜遅く、家の外で誰かに襲われて、大怪我をして入院されたのよ」

浜口は重大ニュースだと言わんばかりだったが、話の途中でユッキーにカツサンドとコーヒーを注文してくれた。

「重ね重ねお気の毒だったわね。何でも刑事だと名乗る男が二人、家を訪ねて来て、バスツアーの乗員名簿を見せてくれと言ったらしいの。沼田さん殺害に関係があるらしかったけど、それは大阪の刑事に渡してある、警察手帳を見せてくれ、と言ったら、襲って、ボコボコに殴り付けて逃亡したんですって」

浜口の隣りで岡野も神妙な顔をして話を聞いている。

「どうぞ、どうぞ、小木原さん、お腹が空いてるでしょ、遠慮なく頂いて。それにしてもその男達はきっと刑事ではなかったのね」

頷きながらサンドイッチの皿をユッキーの目の前に押し出してくれた。

「イエね、家も近くだし、先生の奥様とも親しいので、ツアーの時の写真を二、三枚、今朝になってお届けしたのよ。先生は大阪城をバックにして秀吉みたいに御立派な被写体だったので、さぞや喜ばれると思ったのに、入院していて家にはいらっしゃらなかったわ」

「エーッ、そんな事があったんですか？」

突然の事で驚いた。

浜口はバッグの中から写真を七、八枚取り出し、ユッキーにも見せてくれた。

「残念ながら小木原さん達は余り写ってないわね。差し上げたいけど、これじゃあね」

浜口が苦笑しながら手渡してくれた一枚の写真にはユッキー達は端っこに小さく写り、大阪城も入っていない。場所は駐車場付近らしかった。

少々がっかりしたが、ふと後方の黒い車の前に立っている女性に注目した。

上半身しか見えなかったが、髪が長めのソバージュで、木島に似ていると思った。

周囲に二、三人の黒い服装の男達が取り囲み、見様によっては中に連れ込まれそうにも見えた。

「ホラッ、この駐車場に黒い車が写ってるでしょう？　その前の女の人、木島さんに似てないですか？　髪型や色が同じだと思うんだけど？」

「エーッ、どれどれ、そう言えばそうも見えるけれど何しろ小さいわね。よく分からないわ。それに、こんな所に一人でいるなんて、きっと人違いよ」

確かにそう言われれば木島にしては何か不自然にも思えた。車も横向きで車両ナンバーなども当然分からなかった。

「まあっ、それはともかく、今日お呼びしたのは別の用事なんですよ」

浜口が岡野に目配せすると、岡野は細い目を更に細くして愛想良くユッキーに笑い掛けた。

「桐生先生はお気の毒でしたけれどね、浜口さんにも何時もお誘い頂いてるんですよ。それで今度は私の方からお値打ちな韓国ツアーにどうかと、相談していたところですの。浜口さんのお勧めもあり、小木原さんも御一緒にどうかしらと思って。お食事代は全てこちらで負担致しますよ」

年金暮らしとはいえ、旅行が趣味と言うだけあって、中々リッチな御婦人達である。歴史講座のサークルの中では、ユッキーは誰にも親し気に話し掛け、浜口にも特に気に入られている。そんな気さくなユッキーに浜口は今回同行して欲しいと思ったのだろう。

「まあっ、そうだったんですか。有り難う御座います。私も二、三年前に一度韓国へは行った事があるんですよ。でもブランド品なんかが安く手に入るので、ほとんど買い物ツアーでした。でも、偽物を高く買わされる場合もあるので気を付けて下さいね」

「それそれ、それなのよ。私達二人では騙されそうで、旅慣れている小木原さんにガイドをお願いしたかったのよ。それにねえ」

浜口に促されて、その後又岡野が話を続けた。

「実はね、私のお友達が二、三週間前に、韓国ツアーの旅先で、素敵なネックレスを手に入れて来たんですよ。それが先日の大阪城ツアーで御一緒した、木島さんが首に付けていらした物とそっくりだったんです。七〜八万円はしたと聞いてますが、先日又、チラッと木島さんのネックレスを見たら、どうしても欲しくなってしまって、オホホ」

ユッキーは意外な話の展開に内心戸惑った。

なる程、あのバスの車内で、ユッキー達同様、浜口や岡野もあのネックレスに目を止めたのだ。あれだけ豪華なのだから、女性としては年齢は関係なく気になるのは当然だと気付いた。

「へーッ、あのネックレスと同じ物が韓国で売られていたんですか。でも残念ですが、私は今回御一緒出来ないと思いますよ。母が色々と煩いものですから。多分無理です。ツアーは二泊三日などはアッという間ですよ。先にネックレスの販売店をしっかり突き止めておかないと、迷子になったり、手に入れられずに帰国、なんて事にもなり兼ねません。御注意された方がいいと思いますよ」

流石に、そのネックレスをフッチーが持っているとは言い難くその場では黙っていた。岡野はユッキーの話を聞いてもまだ諦め切れないらしく、浜口と二人、首を捻りながら考え込んでいた。

やはり値段も安くマリー・アントワネットとは無関係の品と分かったが、ユッキーは一瞬、ロベルトの瞳にも似た、大粒なサファイヤの輝きを思い出し、何か曰くあり気なネックレスだと思い、眉を顰めた。

ツアーから一週間後の日曜日の事だった。

テレビでも梅雨入り宣言が出され、朝からショボショボとうっとうしい雨が降り続いた。

「お父さんったら、二日酔いなの？　もう起きて、敬一もユッキーもゴロゴロしてるならトイレ掃除位はやりなさいよ」

朝八時を過ぎると、階下から光代の賑かな声が聞こえたが、ユッキーは空返事をしていた。

ベッドに寝転がったまま、のんびりと旅行用のパンフレットなどを捲っていた。しかし、

「ユッキーお早う。今いい？　先日の大阪城巡りツアーでは色々と有り難う。楽しかったわ」

九時前には早々とフッチーから携帯に電話が掛かって来た。

「アラッ、こちらこそ、楽しかったわ。

それはそうと、あの木島さんのネックレス、それ以後どうしたの？　警察に届けたの？」

ユッキーは先日の岡野達の話もあり、気になって直ぐ聞いてみた。

「それが、その事なんだけどね。

今日辺り届けようと思っていたの。木島さんからは何の連絡もないし、このまま持っていると何だか欲しくてどうしても手離せなくなりそうだったから。

でも昨夜、偶然、ネットショップのサイトを見ていたら、紛失物捜しの欄が目に入ったのよ。

『先週の日曜日、大阪城周辺でダイヤ入りネックレスを拾われた方、もしくは御存知の方

御一報下さい。謝礼金はタップリ差し上げます』

それでそのサイトの電話番号に掛けてみたのよ」

「マアッ、そう、謝礼金タップリね？　それでその相手の方は木島さんだったの？」

ユッキーは心配気に聞き返したが、フッチーは意外とノーテンキでアッケラカンとしている。

「ううん、そうじゃなかったけど、木島さんの代理という男の人で、ネックレスの特徴を話したら、多分それだと言うの。

見せて欲しいから今夜七時、豊田市駅裏のパブに持って来てくれと言われたわ。御馳走してくれると言ってるし、ユッキーにも一緒に付き合って欲しいのよ」

「相手は何処の誰よく分からないのに大丈夫？　分かったわ。最初に私がツアーに誘ったんだし、七時にパブに行けばいいのね。丁度松坂屋で買い物もあるし、大丈夫よ」

岡野は七、八万円と言っていたが、本物の宝石にしては安い。わざわざ広告を出して謝礼金など払うだろうか？　しかし心配の種になっている、そのネックレスを返してしまえば自分もフッチーもホッとして、サッパリ出来るだろうと安易に構えていた。

「母さん、今から出掛けてくるわ。晩御飯は用意してくれなくていいからね。フッチーが御馳走してくれるのよ」

「アラッ、そうなの、いいわね。何処のレストランで何を御馳走になるのかしら？」

光代は相変わらずせんさく好きだ。

「ううん、そんなんじゃないわ。駅裏のパブなんだけど、お酒は飲まないから大丈夫よ」

つい、連られてポロリと話してしまった。

「へーッ、お酒も飲めない貴方達が珍しい所へ行くのね。とにかく若い娘が二人で心配よ。余り遅くならない様にね」

光代は母としての直感からか、何か違和感を持ったのか、ジロジロとユッキーの顔を見詰めている。

ユッキーは、それ以上聞かれて、ネックレスの話などすれば又余計ややこしくなると思い、アタフタと家を出た。

しかしその光代が、ユッキーが車で車庫を出ると同時に、後ろからバタバタと追い駆けて来た。

「ユッキー、男の人から電話よーっ、歴史ツアーがどうのと言ってるわー」

車の後ろで大声を出していたが、婚活ツアーがどうのと聞こえた。

特別な用事でもないだろうと思い、面倒臭くもあって、そのまま窓から手を振って出発してしまった。

時刻は午後四時半頃だった。

その後二時間程過ぎて、ユッキーが松坂屋で買い物を終え、駐車場に戻った時だった。

携帯に着信があり、慌ててバッグから取り出した。

「モシモシ、セニョリータ小木原サンデスネ。ボンジュール、私ロベルトデス。大阪城ツアーデ御一緒シマシタ」

多分フッチーだろうと携帯ナンバーを確認せずに出てしまったが、聞き覚えのある、あのフレンチ、ロベルトの声だった。

「エッ、あのツアーバスに乗っていたロベルトですか？」

ユッキーは一瞬耳を疑って聞き返した。

「チョット聞イテ下サイ、沼田サント木島サン、大阪デ殺サレマシタ。サッキ、オ母サンニ電話シテ、宮野サント駅裏ノパブ、食事ト聞キマシタガ、モシカシテ木島サンノネックレスドチラカ持ッテマセンカ？

ソレ危険、パブニ犯人取リニ来マス。持ッテ行ッテハイケマセン。私達二人刑事デス」

聞き取り難い日本語で、話の内容はよく分からなかったが、とにかく、あのネックレス、マリー・アントワネットの涙は犯人が狙っているのでパブへ持って行くな、と理解した。

ユッキーがフッチーに電話で連絡しようと焦ってモタモタしている内に、向こうから掛かって来た。

「ユッキー、今何処にいるの？　大変なのよ、今直ぐこっちに来れない？」

「アッ、フッチーはまだ、松坂屋の駐車場にいるのよ。実はたった今、あのフレンチ、ロベルトから電話があったのよ。

沼田さんと木島さんは殺害されて、その犯人達がフッチーの持っているネックレスを取りに来るらしいわ。だからパブに行っては駄目なのよ。ロベルト達は刑事だったんですって」

「エーッ、それならもっと早く言ってくれればいいのに。私も今、豊田市駅まで電車で来てしまったのよ。だけど此処までサングラスの二人組の男達に後を付けられてるのに気付いたの。家からずっとなのよ、どうしよう、気持ちが悪いわ」

「分かったわ。ここからは直ぐ近くだから急いで行くわ。駅前のロータリー辺りで待っていて。話は後でするわね」

ユッキーはそう言ってから電話を切ろうとしたが、その時だった。

「キャーッ、やめてー、何するのー、ユッキー助けてー」

フッチーの悲鳴と共に、携帯にザワザワと雑音が入って来て、その後切れてしまった。

「アレッ、フッチーどうしたの？　フッチー大丈夫？」

その後電源は切れたままで繋がらない。

後を付けられていると言ったが、もしかしたら殺人犯達に襲われたのかも知れない。

ユッキーは泡を食って、先程のロベルトに電話をしてみたが、留守電になっている。

『駄目だわ。とにかくロータリーまで行ってみよう』

大慌てで駐車場を飛び出し、車を走らせた。

途中前方不注意で、大型トラックに正面衝突しそうになった。「バカヤロー」と怒鳴られてしまい、心臓がバクバクした。

駅前のロータリーに到着した時には、辺りはもう薄暗く、休日なので、行楽帰りの家族連れなどでゴッタ返していた。

キョロキョロしながら、ロータリーを二、三周してみたが、フッチーの姿は何処にもない。

『こんな人混みの中でも拉致されたり、危険な目に遭ったのだろうか？』

首を傾げながら、横道に入り、道路脇に車を止めた。

駅裏を歩いて、もう一度フッチーを捜してみようと思い、急いで車外へ出た時だった。

「コマンタレブ、小木原サンデスネ。私、インターポール（国際刑事警察機構）、ロベルト・クレマンティデス」

後ろからポンと肩を打たかれた。

振り返ると、あのロベルトが連れの男と二人で、目の前に立っている。

「小木原さんですね、愛知県警の塚本です。

驚かせてすみませんでした。

先程、小木原さんの友人、宮野さんを無事保護致しました。宮野さんを襲おうとしていた密輸麻薬の売人達も確保し、今、豊田警察に引き渡したところです桐生伝次郎さんを襲ったのも奴等だったんですよ」

「エーッ、フッチーは無事だったんですか？　あーっ、良かった。悲鳴を聞いて慌てて駆け付けたんです」

　ユッキーは胸を撫で降ろした。

「大丈夫、大丈夫、安心シテ下サイ。宮野サン、駅裏ヲ歩イテ来テ、襲ワレ、私達、丁度見張ッテイテ、良カッタデス。助ケマシタ」

　ロベルトがユッキーの前で、ブロンドの髪を掻き上げ、ニッコリと魅力的な笑顔を見せたので真正面にいたユッキーは何故かドギマギしてしまった。

　その後、二人が案内してくれたのは、フッチーと待ち合わせる事になっていた、駅裏の小さなパブだった。

　フッチーがショック状態だったので、ユッキーと待ち合わせていると聞き、少し休んでもらっていたという事だった。

　塚本が黒い目隠しドアを開けると、入り口のカウンターにフッチーが下を向いて縮こまっているのが見えた。

「アッ、ユッキー。こっち、こっち」

　ユッキーを見ると顔を上げ、嬉しそうに手招きした。

「驚いたでしょう。すんでの時に、このロベルトと塚本刑事に助けられたのよ。でも凄く恐かったわ。今でも手足がブルブル震えているわ」

　半心半疑だったユッキーも、目の前のフッチーの様子を見てやっと納得した。

「まさかロベルト達が刑事だなんて知らなかったわ。でも沼田さんだけでなく、木島さんまで本当に殺害されてしまったんですか？　それに、ネックレスが何故犯人に狙われたんでしょうか？」

　ユッキーの質問に塚本が答えてくれた。

「実は先日、浜口さんが桐生講師を撮影した写真に木島さんと、木島さんを連れ去った車とそのナンバーが写っていて、それを手掛かりに大阪のヤクザ達も今日になって逮捕されたのです。

　大規模な闇組織で、豊田市の駅裏にある、麻薬密輸グループとつるんでいたのです。運良く桐生講師が入院先から写真の事を連絡してくれて分かったのですよ。木島さんは何も知らずに沼田と同行したと思いますが、ネックレスの中にはコカインが仕込まれていて、それが見本として大阪のヤクザに手渡される事になっていたんです。その後、物と代金の取り引き成立です。

　けれど木島さんがその前に紛失したと言うので、身元を疑われ、それぞれ違う場所で殺害されたのですよ。当然取り引きは中止になりました。物の方は荷物になるので金を受け取り、後で運ぶ事になっていた様です。

「エーッ、それではあのネックレス、マリー・アントワネットの涙は元々木島さんの物ではなかったんですね」

「はい、小木原さん、そうなんですよ。

ヤクザとの取り引き場所は大阪城の駐車場だったので、沼田はどうせならと、スナックのママの木島さんを誘い、酒でも飲みながらのんびり楽しみながら行こうと思ったらしいのです。木島さんには、大阪城に着くまで、首に掛けていろ、などと暫く貸してやるつもりだったのが、木島さんはまさか麻薬取り引きに必要な物だとは思わず、紛失した事にして、自分の物にしてしまおうと考えたのですよ。

何しろスナックにもかなり付けが溜まっていた様ですし、身に付けている内にどうしても欲しくなったのでしょうかね」

「そうなのね。それで私にネックレスを預けて行ったのだわ。まさかそれが原因で殺されるとは思っていなかったのよ。お気の毒に」

フッチーは自分も巻き込まれ、今頃危険な目に遭うところだったと知り急に青ざめた。

フッチーからネックレスを渡されていたロベルトが、胸ポケットから引っ張り出し、大粒なサファイヤだけ取り外した。

「黒イ袋ニ入ッタコカイン、コノ中ニ入ッテルネ。ソレデコノ偽サファイヤ、鏡ニナリ、自分ノ顔美シク、マリー・アントワネットノ様ニ見エマス。ウットリシテ、女性、皆欲シクナリマス。シカシ、コレ、偽フレンチブランド、タダノガラス玉デス。

韓国ノ密輸組織、コカイン入レナイネックレス、土産物売リ場デ一般客ニ、マリー・アントワネットノ涙ト言ッテ売ッテマス。

　私、偽ブランド摘発目的デ韓国ニ派遣サレ、麻薬捜査ノ日本警察ト合同調査ニナリマシタ」

　そう言えばバスの車内で、沼田はロベルトから、ブランドという言葉を聞き、態度を一変させた。後ろめたかったのか、ロベルト達を警戒したのかも知れないと思った。

「桐生講師が襲われた後、この地方の新聞の片隅と、ネットのサイトでも、ネックレス捜しの広告を見ました。木島さんが首に付けていたのは知っていましたが、豊田のアジトの売人が警察に渡るのを恐れ出した広告で、もしかしたらツアー客の誰かが持っているのではないかと、片っ端から電話で確認したのです。やっと小木原さんのお母さんと連絡が取れ、宮野さんと二人で夕方駅裏のパブ、つまりこちらに来る事が分かり、先回りして周囲を見張っていたのです。

　実はこの直ぐ近くに、我々が怪しいと睨んでいた組織のアジトがあるので、刑事の勘と言うか、どちらかがネックレスを持っているのではないかと確信し、お母さんから小木原さんの携帯番号を聞き、ロベルトが小木原さんに電話したんですよ。丁度宮野さんが駅裏に来た時、豊田の麻薬売人に襲われ救出と同時に現行犯で逮捕出来ました。危機一髪でしたがお陰で、豊田、大阪、韓国の本部までも麻薬と偽ブランド犯罪で一斉検挙出来ました。お二人には誠に感謝しております」

「オ陰デインターポールカラモ金一封出マス。メルシーボク。オ礼ニ御二人ヲ、フランスヴェルサイユ宮殿ニ御招待サセテ下サイ」

「エーッ、本当ですか？　嬉しい～、良かったわねユッキー。ヴェルサイユ宮殿で憧れのフレンチ、フェルゼンそっくりのロベルトとデート出来るのよ」

フッチーはそう言ってユッキーの手を取り飛び上がって喜んだ。しかし、

「マアッ、何言ってるのフッチー、デートなんてロベルトに悪いわよ」

ユッキーは赤くなって首を竦めたが、ロベルトは愛想良く頷いた。

「オオッ、メルシーボク、デートオッケーネ。デモフェルゼン、フレンチデハアリマセン。スウェーデン人デス。私ト似テナイネ」

「オオッ、ロベルト、御免なさ～い」

ユッキーは益々顔を赤くした。

「イエ、ドウ致シマシテ、御免ナサイハフランス語デ、デソレ、言イマース」

ユッキーもフッチーもロベルトの洒落たジョークに大笑いした。

「フッチー、こうなったら二人でフランス語勉強しないとね」

「そうだね、今度はヴェルサイユへ旅行だものね。頑張らなくっちゃ」

その後、塚本刑事がパブでの食事を奢ってくれたので、ユッキー達は遠慮なくお腹一杯頂き、ジュースで乾杯した。

やがて夜八時過ぎになって、二人はロベルト達に見送られ、名残り惜し気にパブを後に

した。ところが、

「ホラッ、ユッキー、これロベルトに頂いちゃったわ。恐い目に遭わせたからお詫びの印ですって」

ユッキーの車の助手席に乗るや否や、フッチーは手の平に握っていた物を高く持ち上げ広げてて見せた。

外のネオンサインに反射してキラキラ輝いている。

「アラッ、それって、さっきのマリー・アントワネットの涙じゃないの。フッチーったら、そんな証拠品もらって来て良かったの?」

ユッキーは運転しながら思わず叫んでしまったがフッチーは澄まし顔だ。

「大丈夫よ、ロベルトはユッキーには又何か別の物をプレゼントするって言っていたわよ。

豊田のアジトにも同じネックレスがたくさん押収されたので、偽ブランドと承知なら、一つ持って行きなさいと言われたのよ。勿論コカインは中に入ってないわ。本当はいけないんでしょうけど」

「フッチー、それ気に入っていたんでしょ。良かったじゃないの」

嬉しい筈のフッチーは浮かぬ顔だ。

「ロベルトの親切は有り難く受け取ったわ。

でもこの一週間、アレコレと悩まされたのよ。危険な目に遭って、おまけに麻薬入りだったなんて、もうコリゴリよ。ユッキーにはお世話になったから、これは差し上げるわ。

「なる程、ただのガラス細工だし、夢もロマンも消えてしまったと言う訳ね。でもこれ、もう韓国の土産物売り場には売ってないのよね」

ハイ、どうぞ」

「そりゃあ、そうよ、当然でしょ？　でもどうして？」

「先日ツアーで御一緒した、浜口さんと岡野さん、覚えているでしょ？　あの岡野さんがこのネックレスを凄く気に入って韓国まで買いに行きたいんですって。フッチーさえ良ければ、これを上げてもいいかしら？」

「ええ、あの浜口さんが殺害された木島さんの写真を撮ってくれたのよね。お手柄だったわ。

どうぞどうぞ差し上げて、でも暫くの間は夢を見させてあげて。ショックを与えない様に余計な事は言わない方がいいかもね。とにかく、それ最高、オッケーよ」

「きっと喜ぶわね」

事件も解決しダブルオッケーとなった。二人は仲良く互いの親指を立てた。車内には一段と大きくケラケラと若く楽し気な笑い声が響き渡ったのである。

――完――

後書き

「夢追い女、歳忘れ、小説成り難し」

などと付け加えまして、御挨拶させて頂きます。

この度執筆の「王朝絵巻殺人事件」他一編は、初版「孤高の扉／終戦までの真実」に続き、二作品目のミステリー小説となっています。

最初に小説を書き始めた動機を申しますと、幼少期より、童話を手掛けていた父が、机に向かう背中を見て育ち、その尊敬の念からだったと思います。

何れは自分もという隠れた願望の中、やっとその後、ん十年を経て夢が叶ったのです。

未熟ながらも文芸社様のお力を貸り、目出たく出版の運びとなりました。

初版が完成した時には、父は介護老人ホームに入所中でした。私の目指すミステリー小説とのジャンルの違いもあり、特別指導は受けませんでしたが、著書を手渡した時には、目を細めて大変喜んでくれました。

家族の話になりますが、私は三人兄弟の長女、三歳年下の妹と七歳年下の弟がいます。

それぞれに両親への想いは一入《ひとしお》だったと思いますが、母が末期の胃癌で六十歳で他界した後、当然ながら私と父との係りは増えて行きました。

父の家族はカラフトから渡り、千葉県に居住しておりましたが、父は戦時中、兵隊として愛知県豊田市に駐屯中、母との出会いがあり、縁有って結婚に至った模様です。

六人兄弟の長男である父が豊田市に永住し、他の兄妹、姉妹は東京暮らしとなりました。

私が小学生位までは、それぞれの家族が東京と豊田を行き来し、夏休みには東京から従兄弟達も遊びに来ました。

今思うとそれも楽しい思い出の一つでした。

父は当時小・中学校の教員として勤め、かなりの頑固者として理想を掲げ、著名人でした。しかしその童話創作の中では、子供達へのたくさんの温かさ、思いやりの心が込められておりました。

それは父本来の優しさを感じる数編でした。

ある時父に一冊の童話を手渡されました。

「まわれ、ひまわり」という題名でした。

豊田市は車の町として知られていますが、全国からトヨタ自動車関係の従業員さん達が集合してみえます。

その家族の方々と、地元の方々との近所付き合い、生活環境などが題材でしたが、別段興味もなく目を通しておりました。

ところが、突然、目を奪われたのは、最後の完結の部分です。

小学校の運動会の場面でしたが、父兄や家族が一団となり、その声援を受けて、グラウンドを一生懸命走って、回っている児童の中に一人の女の子がいます。

太陽の光を体中一杯に浴びて、輝け、頑張れ、ゴールに向かって走れ！　まわれ、ひまわり！

私達兄弟は、特に私は小学生時代よく父と早朝マラソンの練習をしていました。田んぼの周りのあぜ道がグラウンド代わりでした。

お陰で足は早く、リレーの選手を務めた事もあります。

死に物狂いで走っている目の前の女の子、そのひまわりのモデルは誰あろう私だったと気付いたのです。

その他、父との思い出として、十数年前にさかのぼりますが、東名高速インターのジャンクションが完成した時、夕方遅く、二人でジョギングした事があります。

高速の交差する辺り、街路灯の灯が複雑に絡み、美しく輝くネオンサイン、イルミネーションが出来上がっていました。

その田んぼの中の美しいデコレーションを父は私に見せたかったのです。

もう一つ、母との思い出も悲しい記憶の一つです。

それは母の亡くなる直前の事でした。

その夜私は母の看病をしていましたが、丁度夏祭りの時期で、病室の窓は開かず、その窓ガラスに写る見事な花火を二人して見上げました。

その感慨深気な記憶は強烈でした。母にとってはそれが生涯最後の花火見物となってしまったのですから。

その母が亡き後、三十四年経った、昨年の平成二十七年十月一日に、父も九十四歳にて他界致しました。家族、親戚、童話創作の生徒さん方に惜しまれながら、その生涯を無事成就したのです。

父の為の新しい墓が完成し、檀家の住職さんに四十九日法要を勤めて頂きました。

その墓前には、父母二人が仲良く並んだ生前の写真が弟夫婦の手で飾られました。

「お帰りなさい、本当に久し振りだね」

「ただいま、三十四年も待たせてしまったな」

そんな楽し気な再会の声が聞こえてきそうです。

「母さん、父さんを宜しくね」

私や妹、兄弟親戚一同ホッとした次第です。

今になって連々と考えますと、一人暮らしを長く強いられた父を支え続けて来た物は何だったのか？

それは好きな読書や、童話への創作意欲だったと思います。

しかしまだ他の物があるとすれば、それは兄弟、子や孫、知人、友人などからの温かい励ましの言葉、思いやりの心、又その品々だったと考えます。介護施設でもお世話になりましたが、そんな品々は父だけでなく私達誰にとっても同様に嬉しい宝物に違いありません。

観光土産、絵はがき、写真、クリスマス、誕生日等のプレゼント、他数々の記念に残る贈り物、お菓子類などが父を励まし、生きる支えになり続けていたと思います。

無論、父もそれに答え、そのささやかなお返しにも気を配り、楽しみの一つとなったと思います。


私のミステリー作品も、実は特別な環境からではなく、寧ろ、そんな人情味溢れる和やかな生活を背景とし、その中から生まれています。

家族や友人、知人との心のキャッチボール、そんな暮らしの中、身近な人々を登場させる事になりました。

そしてその中で私の、父からプレゼントされた執筆の心が生きているとしたら。

それも父からの遺品の一つなのです。

遺品などと言いますと、金銭とか、不動産、権利等も、その相続問題にトラブルは付き物ですが、それに固執する事ばかりが良いとは言えません。

心を癒やす故人の形身分けの品々などもありますが、又その故人の一貫した一徹な意志力、そのＤＮＡが子や孫、あるいは社会にとっても大きな遺産となる場合もあると考えます。その前に生命の誕生、生存その物が両親の遺品である事を忘れてはなりません。

父の遺産を私の糧とし、まだまだ未熟ながら、今後も張り切って執筆を続行する所存です。

読者の皆様に幅広くお楽しみ頂ける、エンターテインメント作家を目指しつつあります。

又そのエネルギー噴出により、自らの益々の若返りを期待するところでもあります。

「夢追い女、歳忘れ、小説成り難し」

永年歳忘れの如き私ですが、今後共引き続き、御愛読を宜しくお願い致します。

本書を父への追悼記念とし、お世話になった方々に捧げます。

そして作成に御協力下さった諸先生方始め、木目細かくアドバイス頂き、出版への扉を開いて下さった文芸社の皆様方には、重ね重ね感謝し、深くお礼申し上げます。

平成二十八年七月吉日

岬　陽子

著者プロフィール

岬 陽子（みさき ようこ）

愛知県豊田市出身、在住。
岬りり加の名で歌手、作詞活動をしている。
父は豊田市在住の童話作家、牧野薫。
著書に「孤高の扉／終戦までの真実」（文芸社　2014年）がある。

王朝絵巻殺人事件

2016年７月15日　初版第１刷発行

著　者　岬 陽子
発行者　瓜谷 綱延
発行所　株式会社文芸社
〒160-0022　東京都新宿区新宿１－10－１
電話　03-5369-3060（代表）
03-5369-2299（販売）

印刷所　株式会社平河工業社

ISBN978-4-286-17370-2　JASRAC　出1603009－601